달라진 중국인, 변화하는 중국

중국에서 당황하지 않고 사는 법

중국에서
당황하지 않고 사는 법

초판 1쇄 발행 2025년 5월 20일

지은이 전상덕   **펴낸곳** 크레파스북   **펴낸이** 장미옥
편 집 박민정   **디자인** 어윤희

출판등록 2017년 8월 23일 제2017-000292호
주소 서울시 마포구 마포대로 53, 218호(마포트라팰리스)
전화 02-701-0633   **팩스** 02-717-2285   **이메일** crepas_book@naver.com
인스타그램 www.instagram.com/crepas_book
페이스북 www.facebook.com/crepasbook
네이버포스트 post.naver.com/crepas_book

ISBN 979-11-89586-86-7 (03800)   정가 18,000원

이 도서의 국립중앙도서관 출판예정도서목록(CIP)은 서지정보유통지원시스템 홈페이지(http://seoji.nl.go.kr)와 국가자료
종합목록 구축시스템(http://kolis-net.nl.go.kr)에서 이용하실 수 있습니다. (CIP제어번호 : CIP2020024170)

달라진 중국인, 변화하는 중국

중국에서 당황하지 않고 사는 법

글   전상덕
사진   권유나

크레파스북

有志者, 事竟成.
뜻이 있는 사람에게 일은 마침내 이루어진다.
Where there is a will, there is a way.
뜻이 있는 곳에 길이 있다.

철든 이후로 마음에 새기며 살아온 말이다. 처음부터 아예 하고자 하는 마음이 없으면 아무것도 이룰 수 없다. 의지가 일단 생기면 구체적인 방향을 정해 하루하루 노력하면 100퍼센트는 못 이루더라고 어느 정도는 성취할 수 있다. 그런 작은 성취가 하나하나 쌓이면 인생 자체가 바뀔 수도 있다. 필자 또한 개인적으로 인생에서 큰 성공을 거둔 건 아니지만 밥이라도 먹고살 수 있게 된 건 차근차근히 목표를 위해 노력해 왔기 때문이라고 생각한다.

돌이켜 보면 중국과의 인연도 내 의지와 우연의 결합으로 보인다. 나는 동양사학과에 입학했다. 역사를 공부하는 과인데 교수님들이 먼저 외국어 학습을 하라고 했다. 영어, 일본어, 중국어 사료와 원서를 읽으려면 외국어를 모르면 안 된다는 이유다. 필자의 경우 영어는 학교에서 배운 수준이고 일본어는 고등학교 때 제2외국어로 배웠기 때문에 독해 정도는 가능했다. 그런데 중국어는 완전히 바닥이었다. 한국어, 일본어와 비교하면 어순도 다르고 발음과 성조를 그냥 외워야 하는데다 우리가 쓰는 번체자가 아닌 간체자를 쓰기 때문에 공부가 어려웠다. 내가 입학하던 1992년은 중국과 수교한 해다. 40여 년 막혀 있던 중국과의 교류가 봇물과 같이 터질 것으로 보였다. 역시 외국어를 빨리 배우려면 현지에 가는 것이 최고다. 군 복무를 마치고 1년간 중국으로 어학연수를 떠났다. 이렇게 시작된 중국과의 인연이 쉰 살이 다 돼서 주중국대사관에 외교관으로 부임하게 되는 데까지 이어졌다. 스스로 생각해도 하고자 하는 본인의 의지와 행운, 또 가족을 포함한 주위의 도움이 복합적으로 작용한 게 아닌가 한다.

안타까운 부분은 최근 5~10년새 한국에서 반중 또는 혐중 감정이 심해졌다는 것이다. 나는 중국의 부상이 우리에게 기회와 위협을 동시에 가져온다고 생각한다. 세상일이나 사람이 다 그렇듯이 100퍼센트 나쁘기만 하거나 100퍼센트 좋은 경우는 거의 없다. 중국에 대한 관점이 긍정적이거나 부정적이거나 내가 중요하게 생각하는 것은 '중국을 정확하게 아는 것'이다. 편견과 선입견을 버리고 2025년 현재 중국이 어떻게 돌아가는지 중국인은 무슨 생각을 하는지 적확하게 읽어 내는 것이 지정학적으로 가까운 이웃 나라이자 경제와 무역 교류가 밀접히 얽혀 있는 우리나라에 가장 이익이 될 거라고 믿는다. 이 책이 이러한 인식 제고에 조금이나마 도움이 된다면 여한이 없다.

이 책을 내는 데 큰 영향을 주신 정의 형님, 민희 누님, 철현 형님, 영빈 형님에게 감사드립니다. 제가 힘들 때 항상 힘을 주시고 조언을 아끼지 않은 진곤 형님과 사모님께 감사드립니다. 항상 내 곁에 있고 내 편이 되어 주는 아내(이 책에 수록된 모든 사진을 제공한 '사진작가'이기도 하다), 아들 민, 딸 윤에게 사랑과 감사의 마음을 보낸다.

2025년 5월

전상덕

목 차

달라진 사람들,
진화하는 문화

1

중국에서 당황하지 않고 사는 법

8년 만에 다시 찾은 베이징,
바뀐 것과 바뀌지 않은 것

2013년 8월 유학생으로 북경사범대학에서 박사 과정 코스 워크를 마치고 한국으로 돌아간 지 딱 8년 만인 2021년 8월 주중 한국대사관에 외교관 신분으로 부임하였다. 그 기간에 업무 출장 등으로 베이징을 몇 번 다녀갔지만 며칠 정도의 짧은 기간이라 변화된 베이징을 찬찬히 살펴볼 기회는 없었다. 하지만 8년 만에 다시 돌아와 생활해보니 달라진 점이 하나둘 눈에 들어오기 시작했다.

첫 번째로 눈에 보이는 가장 큰 변화는 거리가 깨끗해졌다는 점이다. 과거에는 거리에 담배꽁초, 비닐봉투, 음식물 잔해 등이 많아서 보기에도 좋지 않고 다닐 때도 조심해야 했는데 이제는 아니다. 특히 담배꽁초가 없다. 그리고 거리에 침도 뱉지 않는다. 중국에 먼지가 많아서인지 흡연자가 많아서인지 '컥, 컥' 소리를 내면서 침을 뱉는 중년 남성이 많았는데 이제는 그런 모습을 보기가 어렵다. 그리고 살수차가 도로에 물을 자주 뿌린다. 과거에도 살수는 했지만 하루에 두 번씩 뿌리는 정도는 아니었다. 베이징은 비가 별로 오지 않는 곳이라 물 부족 지역에 속한다. 물을 자주 뿌려서 먼지도 가라앉히고 도로 청소도 하고 일석이조인 것 같다. 특히 봄철에 꽃가루가 날릴 때는 특히 유용하다.

그리고 또 하나의 큰 변화는 현금을 가지고 다니는 사람이 없어졌다는 것이다. 현금이 사라졌다는 얘기는 아니고 일상생활에서 현금이 필요 없을 정도로 모바일결제 시대로 진입했다는 얘기다. 휴대전화 앱을 열어서 웨이신이나 즈푸바오로 결제하면 그만이다. 식당, 상점은 물론이고 지하철과 버스 탑승, 주차비 결제, 코로나 PCR 검사 비용 결제 등 안되는 곳이 없다. 계좌이체나 공과금 결제도 마찬가지다. 이 같은 결제 시스템이 없는 곳을 찾기가 어려울 지경이다.

베이징 부임 초기에 휴대전화 개통이 아직 안 되어 편의점에서 먹을거리를 사고 현금을 건넨 적이 있었는데 직원들도 조금 의아한 표정을 짓더니 한참 만에야 잔돈을 거슬러 주었

세계적 건축가 자하 하디드가 설계한 왕징 소호(SOHO) 건물

다. 현금을 받지 않는 건 아니지만 현금으로 내는 사람이 사실
상 없다는 뜻이다. 예전에 노르웨이와 덴마크를 여행했을 때
어디든 신용카드 결제가 가능해서 미리 환전한 돈을 다 쓰지
못해 막판에는 일부러 현금으로 지불하기도 했다. 중국은 캐
시리스 사회의 진행 정도가 북유럽을 능가하는 듯하다. 세계
최고 수준이라고 해도 과언이 아니다.

쾌적한 환경, 여기 베이징 맞아?

몸으로 느끼는 아주 좋은 변화는 공기가 맑아졌다는 것이
다. 중국의 공기 오염이 심해서 중국 파견 주재원 기회를 포기
했다는 말도 과거 얘기가 되었다. 베이징 시 정부의 발표에 의
하면 2021년 베이징의 우량 날씨 일수는 1년 365일 중 288일
로 79퍼센트를 기록하였다. 역사상 최고치라고 한다. 최악을
기록했던 2013년 176일과 비교하면 우량 일수가 112일이나
늘어났다. 특히 가장 청정한 날씨인 1급 우량 일수는 114일
로, 2013년 41일과 비교하면 질적으로도 우수하다.

8년 전으로 거슬러 올라가면 2013년 1월에는 31일 중 28
일이 중증 오염일이었다. 농담이 아닌 것이 아침에 일어나보
면 밖이 '노란 세상'으로 보였다. 가시거리가 150~200미터에
불과해서 자전거나 자동차를 이용하기도 위험한 상황이고, 아
이들은 보통 호흡기가 취약하기 때문에 특별한 일이 없으면

중국 CCTV 본사 건물과 푸른 베이징의 하늘

돌아다니지 말라고 할 정도였다. 개인적으로는 최악인 2013
년에 베이징을 떠나 최상인 2021년에 돌아왔으니 그 차이가
그야말로 상전벽해다.

　눈에 띄는 또 한 가지는 전기차가 많아졌다는 것이다. 일
반 차와 전기차의 구별법은 간단하다. 번호판 색상이 다르다.

일반 차 번호판은 파란색 바탕에 번호가 하얀색인데, 전기차는 흰색 그러데이션을 넣은 녹색 바탕에 번호는 검은색이다. 전기차가 많아진 이유 중 하나는, 베이징은 공기오염 방지와 교통 정체를 막기 위해 연 24만 대의 쿼터를 정하고 추첨을 통해 자동차 등록 권리를 주기 때문이다. 이 중 상당수가 전기차 몫으로 배정되어 있다. 일반 차는 경쟁률이 높고 전기차는 낮으니 전기차로 쏠릴 수밖에 없다.

택시도 전기차가 많아졌다. 얼추 보면 3대 중 1대는 전기차다. 과거에 베이징의 택시는 전부 현대 엘란트라였다. 2008년 올림픽을 계기로 베이징의 수만 대가 넘는 모든 택시를 한국과 중국의 합작회사인 북경현대가 생산한 엘란트라로 바꿨다. 베이징 시내를 달리는 엘란트라를 보면 한국인으로서 뿌듯하기도 했는데 이제는 점점 사라져가고 있다. 아마 연수가 도달하거나 마일리지가 도달하면 자동 도태되고, 새로 대체되

2021년 5월 량마허에서 본 하늘   왕징 아파트 단지에서 본 하늘

는 차는 전기차로 의무화한 것 같다. 새로 달리는 전기차는 모두 중국 브랜드다. 타 보니 실내 공간도 넓고 소음도 없고 계기판 조명도 현대적이다. 특히 밤에 보면 전면 조명등이 앞 범퍼 전체 둘레를 띠처럼 싸고 있어서 눈에도 잘 들어온다.

그러고 보니 바뀐 것은 긍정적인 것들만 있는 듯하다. 그러면 바뀌지 않은 것은 무엇일까? 바뀌지 않은 것은 대체로 부정적인 것들일까?

교통법규 준수에 대한 인식은 제자리에

첫 번째로 교통질서 준수의식은 여전한 것으로 보인다. 교통 인프라는 현대적이고 선진적으로 업그레이드되었으나 그것을 이용하는 사람들의 마인드는 별로 변화가 없어 보인다. 나는 아침저녁 출퇴근할 때 공유자전거를 이용한다. 집에서 직장까지 30분 정도 소요되는데 운동량도 적당하고 베이징 공기도 좋아진 데다 자전거 길이 넓어서 좋다. 출근길 정체가 심하기 때문에 자동차로 가나 자전거로 가나 소요되는 시간은 비슷하다.

자전거를 이용하면서 아찔했던 적이 두 번 있었다. 한번은 직접 겪은 것인데 횡단보도를 건너 좌회전해서 자전거 길로 들어서는 찰나 배달 오토바이와 부딪힐 뻔한 것이다. 나는 우측통행으로 정주행을 했지만 이 오토바이는 역주행을 한 것

뉴욕 맨해튼에 비견되는 상하이 푸둥 지역의 야경

이다. 중국은 웬만한 도로는 차도와 자전거 도로를 같이 만든다. 그래서 자전거도 차들과 마찬가지로 우측통행을 해야 하는 것이 규정이다. 그런데 역주행을 하는 오토바이나 자전거가 많다. 조심하지 않으면 정면충돌이다. 가까스로 비껴갔는데 오토바이는 벌써 휑하니 사라졌다. 사과도 하지 않고 서지도 않는다. 중국은 대개 이런 식이다. 물리적으로 충돌하지만 않으면 문제가 없는 것이다.

내가 목격한 두 번째 장면도 '안 부딪히면 괜찮다'는 사례다. 횡단보도에서 신호를 기다리는데 맞은편에서 좌회전을 해서 횡단보도를 가로지르는 차와 횡단보도를 건너려는 자전거를 탄 젊은 여성이 충돌할 뻔했다. 내 눈앞에서 벌어진 일이었다. 자전거를 탄 여성은 거의 5센티미터 차이로 자동차와의 충돌을 피했다. 놀란 마음에 가슴을 쓸어내린 건 오히려 나였다. 당사자들은 서로 노려보거나 욕설 한마디 내뱉지 않은 채 가던 길을 가는 것이었다. 중국에서 생활하려면 이런 일에 익숙해져야 할 듯하다. 내가 지나가는 길에 차가 머리를 슬슬 내밀면 우리는 발걸음을 멈추지만 중국인은 그냥 지나간다. 이건 그냥 가라는 뜻이라고 한다. 완전히 멈춰야 가는 우리와는 다르다. 이게 교통 문화의 차이인지 교통질서 수준의 차이인지 애매하기도 하다. 하지만 나도 외국에 많이 돌아다녀본 경험에 비추어볼 때 중국은 조금 위험하다. 글로벌 스탠다드는 아닌 듯하다.

원인을 생각해 보면, 중국은 사람도 많고 대도시니까 사람과 사람 사이에 암묵적으로 정해진 본인의 공간에 더 이상 접근해 들어오면 위협을 느끼는 '사회적 이격 거리'가 가까운 것 같다. 보통은 40~50센티미터라고 하는데 중국은 더 가깝다. 버스와 지하철을 이용해 보면 금방 알 수 있다. 옆 사람이 가까이 붙어 있어도 별로 신경 쓰지 않는다. 오랜 시간의 역사와 일상생활에서 형성된 것이므로 아무리 물적 인프라가 좋아져도 쉽게 바뀌지는 않을 것 같다.

그리고 여전히 바뀌지 않는 것은 '울타리' 문화다. 과장되게 말하면 아파트 단지나 건물은 하나의 '요새'다. 빙 둘러서 높은 담장을 쳐 놓아 출입문이 아니면 들어갈 데가 없다. 당연히 출입문에서는 일정한 신분 확인을 거쳐야 출입이 가능하다. 치안도 좋아지고 생활 수준도 높아졌는데 외부와 내부를 완전히 갈라놓는 이 '사합원' 문화는 변화가 없다. 사합원이란 건물을 3~4채 둘러서 짓고 가운데에 정원 내지 공간을 두는 중국식 건축양식을 말한다. 내부에서는 사랑채와 안채, 식당 등을 왕래하는데 편하지만 외부에서는 '성'과 같다. 출입구를 닫으면 들어갈 곳이 없다.

아파트 단지는 정문에서 들어갈 때 카드를 대고, 자기 아파트 1층에서 다시 카드를 대고, 자기 집 키패드나 자물쇠를 열어야 집에 들어갈 수 있다. 보안이 중요하기는 하지만 조금 번거롭다. 중국에서도 우리나라처럼 울타리나 담장 없는 아파트, 학교, 공공기관 건물을 언제쯤이면 볼 수 있을까?

베이징의 골목 풍경

실명 인증을 하지 않으면
아무것도 못해!

　　중국에 잠깐 여행을 오는 것이 아니라 몇 개월 이상 체류한다면 가장 먼저 해야 하는 일은 무엇일까? 바로 휴대전화를 개통하는 것이다. 그다음은 은행 계좌를 만드는 것이다. 그리고 그다음은 웨이신과 즈푸바오 앱을 다운받는 것이다. 그렇지 않다면 물건을 구입하거나 식당을 갈 때 항상 현금을 들고 다녀야 하는 불편함을 겪어야 할 것이다. 웨이신은 지불과 수령 등 금융결제 기능도 있지만 더 중요한 기능은 우리의 카톡과 같은 메신저로 쓰인다. 중국 사람들은 요즘 종이로 된 명함을 잘 교환하지 않는다. 연락처를 교환하려면 상대방의 웨이신의 바코드를 스캔해서 계정을 추가하면 된다.

여기까지는 생활의 가장 필수적이고 기본적인 사항들이다. 하지만 중국에 어느 정도 정착하면 공용 자전거도 타고, 항공, 기차, 고속버스, 지하철도 이용하고, 호텔에 투숙하고 박물관도 가고 공연도 보고 온라인 쇼핑도 하고 감기약도 사고 병원도 가야 할 것이다. 여기에 결코 빼놓을 수 없는 것이 실명 인증이다. 실명 인증을 하지 않으면 그 어떤 것도 할 수 없다.

2010년 중국리엔통 휴대전화 개통 시 실명 확인을 한 것이 사회 전반의 실명제가 시작된 계기로 여겨진다. 이후 여러 분야에서 차례로 실명제가 도입되었다. 실명 확인은 간단하다. 중국인이면 중국 공민증, 외국인이면 여권을 본인이 지참하고 본인의 얼굴과 확인해 주는 것이다. 온라인으로는 머그샷처럼 신분증을 가슴팍에 들고 얼굴을 포함한 사진을 찍어 전송하는 식으로 확인한다. 여기에 추가로 본인 명의 휴대전화를 추가로 인증하는 경우가 대부분이다.

그런데 요즘 온라인 서비스가 많아지면서 일일이 직접 방문해 확인한다면 너무 불편하고 사실상 불가능하니 '기존 인증으로 새 인증을 대체하는' 방법을 많이 사용한다. 내 경험에 비추어 말하면, 가까운 중국리엔통 영업점에서 휴대전화의 심 카드를 구입할 때는 무조건 본인이 직접 여권을 들고 방문하여 실명 인증을 한다. 그다음 은행 계좌를 만들 때는 역시 직접 방문하여 여권을 보여 주고 방금 개통한 휴대전화로 인증 코드를 받아야 통장을 개설할 수 있다.

그다음부터는 대부분 온라인 '대체' 방식으로 인증을 한다. 웨이신이나 즈푸바오를 개통할 때는 휴대전화 인증을 받고, 여권과 얼굴이 찍힌 사진을 전송하면 보통 당일이나 익일 안으로 본사에서 인증이 완료되었다는 메시지가 온다. 이때부터 정상적으로 이용할 수 있다. 온라인 쇼핑몰 등 대부분의 온라인 서비스도 이런 방식으로 인증을 한다. 공유 자전거를 대여하는 앱이나 지하철 승차 앱도 웨이신에서 이미 인증을 받았기 때문에 웨이신의 인증을 당겨오는 방식으로 이용하게 된다. 하지만 기차를 타거나 공연을 보거나 국영 박물관을 방문할 때는 반드시 실물 여권을 지참해야 한다. 이미 사전에 온라인으로 기차표를 사거나 입장권을 살 때 실명 인증을 했건만 이렇게 두 겹으로 인증을 하는 것이다. 이유는 역시 안전 문제일 것이다. 다중이용시설은 테러의 위험이 있다.

실명제 도입의 가장 큰 목적은 사기, 편취 등 경제 범죄 방지와 테러 방지인 것으로 보인다. 추가적으로 감시의 목적도 있을 것이다. 우리나라에서도 범죄 행위에 자주 사용되는 대포폰과 대포차 발생을 억제하고, 보이스피싱과 스미싱 등 금융 범죄 억제에도 효과가 있을 것이다. 또한 중국은 땅도 넓고

베이징의 유명 관광지의 하나인 첸먼 거리

인구도 많고 여러 민족으로 이루어진 나라이다. 정치적 테러의 위험이 있다. 공항, 기차역, 박물관, 공연장 등 다중이 밀집하는 지역은 주된 목표물이 될 수 있다. 이중으로 인증을 하는 이유를 알 만하다. 감기약을 살 때 실명 인증을 하고 개인별 구매 한도를 두는 것은 감기약에 포함된 마약 성분의 오남용을 방지하는 목적이 있을 것이다. 위챗과 같은 메신저 앱은 범죄 혐의자의 연락 내역과 행동을 추적할 수 있다. 또한 정치적으로 반정부적인 모임이나 활동을 체크할 수도 있다.

다만 외국인의 경우 한 번 분실하면 굉장히 곤란해지는 여권을 필요할 때마다 지니고 다니는 것은 불편한 일이다. 실물 여권이 아니라 여권을 찍은 이미지로 대체하는 등 운영의 묘가 필요하다. 중국에서 살다 보니 어디 가까운 관광지나 박물관 방문, 공연 관람 시 여권을 가지고 가야 하는지 확인하는 것이 일상이 되어 버렸다. 경험상 사립 시설은 필요 없지만 국공립 시설과 항공이나 기차 등 장거리 교통수단을 이용할 때는 꼭 필요하다.

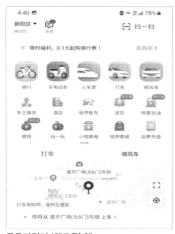

공유자전거 '헬로우' 앱

코로나 당시 베이징 '지엔캉바오' 앱

실명제 인증을 논할 때 개인정보 침해 문제를 말하지 않을 수 없는데, 중국에서는 대를 위해 소를 희생하는, 공익을 위해 사익을 일부 침해하는 것으로 받아들여지는 것 같다. 물론 중국인 중에서도 강한 불만을 가진 사람이 있을 것이다. 그러나 코로나19가 3년째 이어졌던 상황을 볼 때 확진자가 발생하면 개인의 동선을 공개하는 등 방역 최우선 상황에서 개인 사생활의 일부 침해는 어쩔 수 없는 것으로 여겨진다. 덧붙이면 코로나19 당시 베이징에서는 진엔캉바오라는 앱을 식당, 쇼핑몰, 아파트 단지에 출입할 때 항상 스캔해야 했다. 그렇지 않으면 입장이 거절된다. 나중에 특정 장소에서 확진자가 발생했을 때 이 데이터들이 유용하게 쓰일 것은 말할 필요도 없다. 만약 내가 다녀간 식당에서 확진자가 발생하면 예외 없이 방역 기관에서 전화가 온다. PCR 검사를 받으라는 안내다.

쓰레기가 없으면
도둑이 든다?

2022년 1월 10일자 '삼련생활주간(三聯生活週刊)'이라는 주간지 독자 투고란에 실린 흥미로운 글을 소개한다. 중국인의 생활이나 가치관을 들여다보는 기회가 될 것이다. 개인적인 견해이지만 중국에서 생활한 경험상 한국과 중국이 비슷한 점이 80~90퍼센트, 다른 점이 10~20퍼센트 되는데, 이 중에 다른 점 10~20퍼센트가 우리가 주로 살펴봐야 할 지점이 아닌가 싶다.

필자는 젊은 남편으로 추측된다. 필자는 빚을 지기 싫어하는 성격이라 빚내서 큰 집을 사지 않고 저축한 돈만 가지고 작은 아파트를 사서 입주했다. 그 부부가 살게 된 아파트는 복도식이었는데 전에 살던 아파트와 달리 집마다 문 앞에 쓰레기봉투가 2~3개씩 놓여 있어서 지저분하고 다니기에도 불편하고 여름에는 악취도 심했다. 하지만 이 부부는 쓰레기봉투를 내놓지 않았다고 한다. 이사 온 지 몇 달이 지나고 이웃들과 안면을 트게 되었다. 어느 날 이웃집 할머니가 말하길, '너희 집만 쓰레기를 내놓지 않으면, 도둑들에게 집에 사람이 없다는 신호를 보내어 도둑맞을 가능성이 높아'라고 경고했다는 것이다. 담이 작은 아내가 바짝 긴장하여 그날 저녁부터 쓰레기봉투를 1~2개씩 내놓았다고 한다.

그런데 며칠 후 그 할머니가 또 잔소리를 한다. '너희 부부는 한창 일할 나이인데 A 브랜드 냉동만두 2~3천 원(한국 원화)짜리 싸구려를 먹으면 되겠냐? 요즘 유해 식품도 많은데 건강에 투자해라. 우리 집은 B 브랜드 8천 원짜리를 먹는다'라는 것이다. 이 할머니 오지랖도 넓은 것이 남의 집 쓰레기봉투에 들어 있는 포장지 쓰레기까지 살펴본다는 얘기 아니겠는가? 그래서 그다음부터는 쓰레기봉투 입구를 꽁꽁 묶고 검은 비닐에 재차 담아서 내놓았다.

그러다가 하루는 같은 아파트의 다른 집에서 자물쇠가 파손된 것이 발견되었는데 다행히 경비 아저씨가 빨리 발견하여 재산 손실은 없었다고 한다. 이 집 가족이 연휴에 여행을 떠나

집을 며칠 비우게 되었는데, 예의 그 할머니가 그 집 앞에 쓰레기봉투가 없는 것을 알고 자기 집 쓰레기를 지원(?)해 주었는데도 불구하고 자물쇠가 파손되었다고 한다. 이 집 사람이 오히려 할머니를 책망하며 말하길, '할머니가 갖다 놓은 쓰레기를 보니 1만 원짜리 고급 담배와 수십만 원짜리 화장품 포장지가 있으니 도둑이 부잣집으로 알고 노린 것'이라고 항의했다고 한다.

다행히 다음 이어지는 이야기는 해피엔딩이다. 관리사무소에서 '도둑도 바보가 아닌 이상 집 안에 사람이 있는지 없는지 알아보는 기술이 있을 것이다. 쓰레기봉투가 놓여 있는지가 중요한 것이 아니다. 오히려 온 아파트 단지가 쓰레기 천지이면 아파트 관리 상태가 부실하다고 여겨 전체적으로 도둑이 많이 들 것이다'라고 공지하면서 모든 집에서 쓰레기봉투를 내놓지 않게 되었다고 한다.

이 이야기는 중국과 비슷하게 아파트에 많이 사는 우리에게도 와닿는 점이 많다. 첫째는 중국 사람들이 매우 개인적이고 남의 일에 끼어드는 것을 금기시한다고 하지만 꼭 그렇지는 않다는 것이다. 중국이나 한국이나 동네마다 간섭하기 좋아하는 오지랖 넓은 할머니는 꼭 있다는 것, 둘째는 이제는 중국의 젊은 사람들이 연배가 높은 사람들이 하는 대로 따라가는 관성에서 벗어나고 있다는 것, 자기 스스로 판단할 때 옳지 않은 것은 바뀌가고 있다는 것이다. 셋째는 분리수거가 우리나라처럼 철저히 이루어지지 않고 있다는 점이다. 사실 중국에 다시 와 살면서 편한 점은 매 층 비상 복도에 큰 쓰레기통이 있어서 음식물 쓰레기든 비닐이든 플라스틱이든 그냥 한꺼번에 버리면 된다는 것이다. 한국에서 최소 하루에 한 번은 분리배출을 하기 위해 8층을 오르락내리락했던 경험을 되돌아보면 정말 편하긴 하다. 아파트 단지 내에 재활용품 분리수거함이 있긴 하지만 권고사항이지 강제사항이 아니라서 거의 비어 있다. 쓰레기 분리수거 측면에서는 중국은 아직 선진국이 아니다. 그런데 누가 알랴. 뭐든지 초스피드인 중국에서 마음 단단히 먹고 국가적으로 밀어붙이면 5~6년 안에 한국 수준이 될지 말이다.

중국의 6대 시스템에 대한
지극히 개인적인 논평

중국이 역사상 4대 발명품이라고 자랑하는 것은 바로 종이, 나침반, 화약, 인쇄술이다. 그렇다면 중국 현대의 6대 발명은 무엇일까? 고속철도, 온라인 결제 시스템 즈푸바오, 공유자전거, 온라인 쇼핑, 배달 시스템, 메신저 앱으로 널리 쓰이는 웨이신이라고 한다. 사실 중국이 새로 발명한 것도 아니고 이미 다른 나라에서 사용하고 있는 것이 대부분이긴 하지만 이 6대 발명들은 중국에서 생활하려면 꼭 알아야 할 것들이고, 굉장히 빠른 속도로 보급되어 많은 사람이 보편적으로 사용하고 있는 것으로 중국에서는 남다른 의미가 있다.

이 6대 시스템(없는 것을 새로 만들어 내어 고유의 독창성이 있는 것이 아니기 때문에 발명이라는 표현은 사용하지 않겠다)의 공통점은 최근 10년 내에 급속히 발달했으며, 중국 전역에 퍼져 있고, 기본적으로 디지털 및 온라인 또는 모바일 기반으로 시스템이 이미 고도화되어 있으며, 한 번 쓰면 포기하기 어려운 불가역성이 있다는 점 등을 들 수 있겠다.

그러면 평범한 베이징 직장인의 하루 생활이 이 6대 시스템과 어떻게 연결되어 있는지 가상으로 그림을 그려 보겠다.

A씨는 아침에 눈을 뜨자마자 웨이신 앱을 열어 지난밤 메시지가 들어온 것이 없는지 확인한다. 간단히 아침 식사를 마친 후 전철까지 타고 갈 헬로우 앱을 열어 공유자전거를 예약한다. 출근 시간대에는 집 주변에 자전거가 별로 없으므로 사전 예약해 두면 자전거를 찾아 헤매지 않아도 된다. 며칠 전에 위챗페이로 한 달 무제한 사용권(15위안)을 사 놓았기 때문에 요금 부담도 없다. 직장에 출근해 오전 근무에 열중하다 보니 점심시간이 다가오는데 날씨도 덥고 나가기도 귀찮고 해서 배달 음식을 시켜 먹기로 한다. 배달 앱 중에 가장 많이 사용하는 메이투완 앱을 열고 마라탕을 시킨다. 20분 만에 배달된 마라탕을 먹고 잠시 숨을 돌리는데, 예전에 봐두었던 휴대용 안마기를 사야겠다는 생각이 든다. 온라인 쇼핑 시장 점유율 1위인 징동 앱을 열어 장바구니에 넣어두었던 샤오미 안마

칭허역의 최신 고속철 열차

기를 산다. 결제 수단은 즈푸바오다. 저녁에 집에 돌아와 친
구와 웨이신을 하는데 주말에 가까운 옌칭현으로 놀러 가자고
제의한다. 당일치기 여행으로 괜찮을 것 같아서 바로 중국 고
속철도 12306 앱을 열어서 토요일 오전에 칭허역에서 옌칭역
으로 가는 기차표를 예매한다. 결제 수단은 역시 즈푸바오다.

경험에 기반하여 과장 없이 덤덤히 그려낸 하루 일상이다.
여기서 중요한 것이 휴대전화(또는 PC)가 없으면 아무것도 할
수 없다는 점이다. 위에서 열거한 공통점 중 모든 시스템이 휴
대전화 하나로도 가능하도록 구축되어 있다는 점을 설명했다.
중국에서는 휴대전화를 잃어버리면 매우 골치가 아프다.

또 놀라운 점은 온라인 결제 시스템과 시스템 고도화가 불과 10년 사이에 이루어졌다는 중국의 '속도'다. 수천 개의 IT 업체에서 수십만 명의 프로그래머가 투입되어 이룩한 결과라고 볼 수 있다. 내 돈이 오고 가는 금융결제 시스템이 버그가 나지 않고 사기를 방지하면서도 안정성 있게 유지 관리되는 것은 말이 쉽지, 누구나 할 수 있는 일은 아닐 것이다.

그리고 중국식 배달 시스템의 발달은 은 역시 중국의 막대한 소비자 인구와 도시에 돈 벌러 올라온 시골의 농민공들 덕이라고 볼 수 있다. 배달 한 건에 손에 쥐는 돈은 고작 5위안(한화 1천 원)인데도, 교통 정체를 무릅쓰고 덥고 추운 날씨에 오토바이를 질주하는 저임 노동자들이 많기 때문이다. 나도 공유 자전거를 이용하면서 역주행에 과속을 일삼는 배달 노동자들이 가끔 밉기도 하지만 이렇게 싼 배달비에 20~30분 안에 음식이나 물건을 배달해주는 배달 노동자들에게 역시 감사하는 마음을 가져야 한다고 생각한다. 중국도 중진국을 거쳐 선진국이 되면 결국 인건비가 높아져서 우리나라처럼 배달비 급등 사태가 일어날지도 모른다.

덧붙이면 이 6대 시스템이 서로 연결되어 있다는 것이다. 고속철도 예매나 공유자전거, 온라인 쇼핑, 음식 배달 결제는 모두 즈푸바오나 위챗페이라는 하나의 앱에서 다 할 수 있다. 식당에 들어가 주문할 때도 메뉴판을 보는 것이 아니라 위챗을 열어 테이블 위의 QR코드를 스캔하면 해당 식당의 주문 시스템으로 들어간다. 주문할 때 결제도 끝내기 때문에 식당을 나오면서 계산대에서 지갑을 꺼낼 일도 없다. 사실 요즘은 지갑을 가지고 다니는 사람도 거의 없다. 또한 배달 시스템의 구축은 온라인 쇼핑의 전제 조건이다. 중국은 이렇게 온라인 쇼핑이 발달하면서 온라인 결제 시스템도 점점 고도화되고 편의성이 증대되었다.

휴대전화 하나면
만사형통

중국의 온라인 결제 시스템의 시작은 2004년 즈푸바오(支付寶)의 탄생이라고 말할 수 있다. 마윈이 만든 알리바바는 중국식 온라인 마켓 플레이스다. 초기에는 도매(B2B) 분야에서 시작했다가 점점 소매(B2C) 영역으로 넓히면서 현재의 타오바오(알리바바의 대표적인 온라인 쇼핑 앱)에 이르게 되었다. '즈푸'는 중국어로 돈을 낸다는 뜻이고 '바오'는 보물이란 뜻이니 돈 내는 걸 편리하게 해주는 보물 같은 존재라는 뜻이다.

온라인 쇼핑의 초기 단계에 마윈에게 던져진 과제는 신뢰성 문제와 결제 수단의 문제를 해결하는 것이었다. 중국 같이 남을 잘 믿지 못하고 나라도 크고 별별 사람이 다 있는 나라에서 구매자는 뭘 믿고 돈을 내고 물건을 살 수 있을까? 그것도 전통 시장처럼 현장에서 물건을 보고 직접 고르고 현찰을 주고 물건을 받는 것이 아니라 당시만 해도 생소한 온라인에서 사진과 설명만 보고 사는데? 이 같은 신뢰성 문제를 해결하기 위해 중국판 애스크로 시스템을 도입했다. 구매자가 결제하면 돈이 바로 판매자에게 전달되는 것이 아니라 구매자가 택배로 물건을 받은 다음 확인을 해줘야 비로소 판매자에게 대금이 입금되는 것이다. 그러면 이 기간에 돈은 알리바바에 머물게 된다. 중국은 영토가 매우 넓은 나라이므로 배송에 일주일이 소요될 수도 있다. 그래서 이 시간 동안 알리바바는 이자 수익을 올릴 수 있다. 플랫폼은 앉아서 불로소득을 얻고 구매자도 안심하고 결제를 진행할 수 있으니 꿩 먹고 알 먹고인 셈이다.

그런데 초기에는 이런 결제 방식도 믿지 못하고 착불을 선택하는 구매자가 많았다. 택배 기사가 집으로 물건을 가져오면 자기 눈으로 확인하고 현금을 지불하는 것이다. 구매자의 경우 가장 안전한 방법이지만 택배 기사가 잔돈도 준비해야 하고 판매자에게 입금도 해 줘야 하니 성가신 문제가 하나둘이 아니었다.

그러자 곧 알리바바는 즈푸바오 시스템을 만든다. 구매자가 일정액의 돈을 알리바바에 입금하면 즈푸바오 머니가 된다. 이 돈으로 온라인 쇼핑을 한다. 즈푸바오 사용을 촉진하기 위해 여러 가지 혜택도 마련했다. 추가 포인트 적립, 무료 배송 등이다. 2008년에는 모바일 기반 시스템도 도입했다. 같은 해에 즈푸바오로 수도, 전기, 가스 등 공공요금을 납부할 수 있게 했다. 2010년에는 현금 계좌이체 충전 외에 신용카드(중궈인항)로도 즈푸바오 충전이 가능하게 되었다. 2013년에는 이용자 수가 1억 명을 돌파하였고, 기차표도 살 수 있게 되

다왕징공원에서 바라본 초고층 빌딩

었다. 2015년에는 맥도날드에서도 즈푸바오로 결제할 수 있게 되었다. 2016년에는 유럽 금융회사와 합작하여 유럽의 상점에서 즈푸바오 결제가 시작되었다. 2018년에는 고속도로 통행료 결제도 시작하였다. 2019년 6월 기준으로 전 세계의 즈푸바오 사용자는 12억 명을 넘었다.

현재는 사실상 현금을 내야 하는 곳에서 모두 즈푸바오로 내는 것이 가능하다. 즈푸바오 머니를 다시 현금으로 되돌려 받는 것도 가능하다. 그런데 수수료가 있다. 1인당 평생 2만 위안까지는 수수료 면제인데 그 한도가 초과하면 수수료로 0.1퍼센트를 받는다. 예를 들어 즈푸바오 머니 1만 위안을 현금으로 바꾸면 10위안이 차감된다. 즈푸바오 이탈을 막으려는 속셈이다. 소비자의 경우 굳이 즈푸바오 머니로 바꾸어 놓을 필요도 없다. 그냥 자신의 현금카드와 즈푸바오를 실명 인증을 통해 연결해 놓으면 매번 현금카드에서 결제된다. 필자도 처음에는 금융 보안에 대해 조금 걱정했는데 지금은 아무렇지도 않게 사용하고 있다.

식당이나 상점에서 결제하는 방법은 두 가지다. 첫 번째는 판매자 측에서 내 바코드를 스캔하면 그걸로 끝이다. 다만 금액이 일정 한도를 초과하면 추가로 비밀번호 입력이 필요하다. 두 번째는 내가 판매자의 바코드를 스캔해서 금액을 직접 입력하는 방식이다. 두 번째 방법을 사용하는 곳은 첫 번째에 비해 훨씬 적다. 그리고 개인 간 머니 주고받기도 가능하다. 동호회 같은 정기 모임이 있다면 회비를 걷기에도 참 편하다. 카톡 메시지 하나 보내는 정도의 수고만 하면 돈을 보낼 수 있다. 미성년자는 즈푸바오 머니가 있어도 자기 즈푸바오로 결제할 때 보호자의 휴대전화에 팝업이 뜬다. 확인을 해 줘야 입금되는 것이다.

타오바오나 징동 같은 온라인 쇼핑에서는 대리 결제 기능이 있어 편리하다. 내가 물건을 다 고른 다음 가족이나 친구에게 메신저 앱을 통해 그 내용을 보내 결제를 요청하는 기능이다. 내가 혹시 돈이 없을 때 유용하게 사용할 수 있다.

중국이 모바일 결제의 나라로 등극한 이유

그렇다면 중국에서는 왜 이렇게 온라인 결제가 짧은 기간 내에 급속도로 발전하게 되었을까?

첫 번째로, 역설적이지만 신용카드 보급이 저조했으므로 바로 온라인(모바일) 결제로 뛰어넘은 것이다. 온라인 쇼핑을 활성화하려면 원활한 결제 수단이 반드시 있어야 하는데 2000년대 초반 중국에는 현금 통장은 있어도 신용카드 보유자는 거의 없었다. 중국은 영토가 넓은 만큼 사람도 많고 소득 수준도 낮고 저신뢰 사회였기 때문에 막말로 수천만 원어치 신용카드 대금을 떼먹고 어디 산으로 숨어 버리면 잡을 길이 막막하다. 은행이나 카드사 입장에서는 회사가 망하는 지름길이므로 함부로 신용카드를 발급해 줄 수가 없는 것이다. 그래서 온라인 쇼핑몰을 운영하는 알리바바에서는 즈푸바오 머니를, 텅쉰에서는 위챗머니를 도입했다. 이것이 자사 쇼핑몰에서 사용하는 것에 그치지 않고 사회 전반의 결제 시스템으로 확산한 것이다.

두 번째로, 범죄 방지 효과다. 중국은 과거에 위조지폐가 많았다. 택시비를 내고 거스름돈을 받으면 가짜 돈이 아닌지 잘 살펴보라는 얘기를 숱하게 들을 정도였다. 은행은 말할 필요도 없고 상점마다 위폐 감별기가 있었다. 하지만 모바일 머니가 전면 도입된 다음부터는 위폐 감별기가 모두 없어졌다. 또 과거에는 소매치기도 많았다. 신출귀몰한 소매치기 현장 동영상을 보면 참 돈 빼는 기술도 대단하다 싶었다. 대부분 정신을 빼놓는 '바람잡이'와 실제로 훔치는 '행동대원'이 팀을 이룬다. 이제는 현금을 가지고 다니지 않아 도둑의 잠재적인 목표물이 되지 않는다. 집에도 현금이 없으니 자택 침입 강도, 절도 사건도 많이 줄어든 것 같다. 그리고 지갑이나 신용카드를 몸에 안 가지고 다녀도 되니 손도 편하고 주머니도 가볍다. 특히 무거운 동전이 없으니까 더 좋다.

세 번째로 자금 흐름 추적 효과이다. 과거처럼 현금을 사용하면 기록이 남지 않는다. 나쁜 거래를 할 때 현금을 쓰면 좋다. 불법적인 범죄 수익을 전달한다든지, 부가세 등 세금을 포탈하기 위해 현금 거래를 한다든지, 뇌물을 준다든지 할 때이다. 이제는 모바일 머니를 사용하기 때문에 모든 기록이 남는다. 알리바바와 텅쉰에 모든 데이터가 저장되어 있어 사법 당국이 영장만 있으면 범죄 혐의자의 모든 결제 내용을 볼 수 있다. 기업의 경우 고객이 어떤 상품과 서비스에 돈을 많이 쓰는지 분석해서 빅데이터 축적을 할 수 있을 것이다. 소비자의 경우 월별로 소비 기록을 잘 살펴보고 계획적인 소비 생활을 할 수 있을 것이다. 덧붙여 세무 당국에서는 세금 부과하기가 편할 것이다.

네 번째로 작은 것이지만 현금을 사용하지 않으니 청결하다. 과거에는 시장에서 거스름돈을 받으면 훼손되거나 이물질이 잔뜩 묻은 지폐, 너덜너덜해진 지폐를 받기도 했다. 이제는 원천적으로 이런 불쾌한 경험을 할 이유가 없다. 특히 코로나19로 대면 접촉을 최소화하는 분위기까지 겹쳐 모바일 머니 사용이 더 가속화된 듯하다.

IT 강국 세계 1~2위를 다투는 우리나라는 왜 모바일 머니가 보편화되지 않았을까? 일각에서는 수수료 감소로 인한 수익 악화를 우려한 카드사의 압력 때문이라고 하는데, 나 또한 일정 부분 동의한다. 덧붙여 신용카드를 사용하는 것이 편리하므로 모바일 머니가 활성화되지 않는 이유도 있을 것이다.

스웨덴이나 노르웨이 등 북유럽 국가들도 카드 하나로 캐시리스 사회를 거의 실현했고 우리나라도 이 같은 경우다. 여기서 후진국의 장점을 하나 발견하게 된다. 후발자의 이익이라 할 수 있다. 바로 한 단계를 건너뛸 수 있다는 것이다. 현금에서 신용카드로, 그리고 디지털 머니의 단계를 차례차례 거치지 않고 바로 최종 단계로 가버리는 것이다. 영화 시장 또한 마찬가지다. 중국은 비디오테이프의 단계를 거의 거치지 않았다. 곧바로 DVD로 건너뛴 것이다. 지금이야 전 세계 모두 스트리밍 기반의 OTT를 이용하지만 말이다.

배달 음식의 정착,
급증하는 중국의 배달원

 8년 만에 중국에 왔을 때 가장 눈에 띄는 변화는 음식 배달하는 오토바이가 엄청나게 늘었다는 것이다. 식당이 많이 몰려 있는 상가나 쇼핑몰 앞에는 음식을 포장한 비닐봉지를 들고 왔다 갔다 하는 배달원들과 그들의 교통수단인 오토바이(대부분 충전하는 전동 오토바이)로 물샐 틈이 없다.

 중국에서는 5월 1일 노동절 연휴 때 여러 날을 쉬는데 2022년은 5일 연휴였다. 그런데 베이징에서는 코로나19가 확산하는 바람에 5월 1일부터 5월 4일까지 식당 내에서의 취식을 금지하고 배달만 허용했다. 길거리에 나가보니 자동차나 사람은 거의 없고 돌아다니는 것은 오토바이 배달원뿐이었다.

저렇게 바삐 돌아다니면 배달원들은 한 달에 얼마나 버나? 2022년 4월 27일 자 신경보 특집기사에 의하면 잘 나가는 기사가 한 달에 300만 원 정도를 번다고 한다. 단순히 계산해서 배달 한 번에 1천 원을 받는데 하루에 100건 정도 배달할 수 있다면 하루에 10만 원을 버는 것이고, 하루도 쉬지 않고 30일간 일해야(보통 하루 10시간 이상) 300만 원이 되는 것이다.

중국어로 음식 배달원을 '와이마이치셔우(外賣騎手)'라고 한다. 밖으로 나가는 음식을 배달하는 기사라는 뜻이다. 중국에서는 식당 안에서 먹으면 '탕스(堂食)', 포장을 해 가거나 배달로 나가면 '와이마이(外賣)'라고 한다. 2021년 기준으로 음식 배달원이 중국 전역에 1,300만 명이 있다고 하며, 이 중 527만 명이 음식 배달 최대 플랫폼인 메이투완에 속해 있다. 길거리에서 자주 보이는 노란색 점퍼를 입은 메이투완 배달원 숫자는 2017년 220만 명에서 4년 만에 거의 2.5배 가까이 증가했다. 음식 배달원의 40퍼센트는 중학교 졸업 이하의 학력이라고 한다. 대학 졸업 이상 학력은 5.4퍼센트에 그친다.

신경보 특집기사에서는 전형적인 음식 배달원의 인생 스토리를 소개했다. 원쥔은 시골 출신으로 19세에 고등학교를 졸업하고 중소기업에 들어갔다. 첫 월급은 우리 돈 30만 원이었다. 열심히 직장 생활을 하니 작은 팀의 팀장으로 승진하게

중국에서는 '탕후루'도 집으로 배달 가능하다　　음식 배달의 단골 메뉴인 라자오지
　　　　　　　　　　　　　　　　　　　　　　　　　(닭고기 고추볶음)

되었고 월급도 조금 올랐다. 그런데 4년 차 되던 해에 결혼하고 생활비 지출도 커지고 쥐꼬리만 한 월급으로는 미래가 보이지 않아 아내와 의논하여 직장을 그만두고 혈혈단신으로 대도시 베이징으로 올라왔다. 35살 원쥔은 음식 배달원을 시작한 지 5년 차다. 오랜 기간의 노하우가 누적되어 이제는 휴대전화로 날아오는 배달 콜의 배송 난이도를 빠르게 판단하고, 식당에서 음식 나오는 속도, 배송 경로의 최단 코스를 정확하게 파악하고 있다. 하루에 10시간 일하면 200만 원 정도 벌고 조금 무리해서 일하면 300만 원까지 벌 수 있다. 힘든 생활이지만 원쥔은 성취감을 느낀다. 원쥔은 매월 고향에 있는 아내와 두 아이에게 140만 원씩 송금한다. 아이들 학비로는 충분

한 액수다. 그의 최대 희망은 아이들이 대학에 가는 것이다.

원췬은 성공 사례다. 상위 10퍼센트 안에 들 것이다. 배달원 대부분이 힘든 배달을 기피하기 때문에 배달 콜을 가려서 받고 매일 일하기 힘들기 때문에 한 달에 200만 원 벌기도 여간 힘든 게 아니다. 하지만 좋은 점도 있다. 보통 배달하는 식당에서 배달원들에게는 음식값을 20퍼센트 할인해 준다는 것이다. 몇천 원이나마 아낄 수 있다. 배달비는 다음날 정산해서 즉시 입금된다. 하지만 일부 배달원들은 사고를 당해도 사회적 보장이 없다. 산재보험, 건강보험, 실업보험, 연금 등이 없는 경우 사고가 나거나 건강이 안 좋아지면 매우 곤란한 상황에 빠지게 된다. 작년에 어느 배달원이 사고로 사망했는데 배달 플랫폼 회사와의 직접적인 계약 관계가 없어서 인도적인 배상금으로 고작 40만 원을 받았을 뿐이다. 이 노동자는 소위 '자유배달 시스템'에 속해 있었던 것이 문제였다. 메이투완과 같이 '전속배달 시스템'에 속해 있으면 해당 플랫폼과 전속 계약을 맺고 각종 사회보험에 가입할 수 있다. 배달원 중에 '전속'과 '자유'의 비율은 6:4 정도이다. '자유'를 선택하는 이유는 가입 절차가 간편하기 때문이다. 범죄 기록이 없고 건강증명서만 있으면 앱을 내려받아 가입하고 최대 4만 원의 보증금만 내면 바로 배달 콜을 받고 돈을 벌 수 있다.

배달 시스템 한쪽에 노동자인 배달원들이 있으면 반대쪽에

한 끼로 훌륭한 중국식 국수

는 사용자인 식당들이 있다. 메이투완에 가입한 식당들은 메이투완에게 음식값 중에 얼마를 수수료로 내나? 메이투완은 떼돈을 버나? 메이투완 그룹의 2021년 매출액은 전년 대비 56퍼센트 증가한 36조 원, 순이익은 전년의 마이너스 6,200억 원에서 확대된 마이너스 3조 원이다. 적자라니 조금 의외다.

하지만 음식 배달 부분만 떼 놓고 보면 전체 거래 금액(식당에서 판매한 음식 가격을 모두 합한 수치)은 전년 대비 44퍼센트 증가한 140조 원, 매출액은 45퍼센트 증가한 19조 원, 영업이익은 121퍼센트 증가한 1조 2천억 원이다. 모든 수치가 수직 상승하고 있다. 특히 2020년 이후 코로나19로 외식 배달이 많아진 것에 힘입은 바 크다. 거래 금액 중에 수수료 부분이 메이투완의 매출액으로 잡힌다고 가정하면 수수료율은 약 14퍼센트다. 고객이 1만 원어치 음식을 주문하면 식당은 8,600원을 정산받는 것이다. 그리고 매출액 대비 영업이익 비율인 영업이익률은 6.4퍼센트 수준이다. 생각보다 작다. 여러 이유가 있다. 메이투완에 따르면 배달원들의 임금으로 지급하는 비용이 14조 원에 달한다고 한다. 식당에서 받은 수수료 중 70퍼센트를 배달원에게 돌려주는 것이다. 그리고 메이투완은 작년에 중국 당국으로부터 반독점법 위반으로 6,880억 원의 벌금을 부과받았다. 이유는 어떤 식당이 '얼러마'와 같은 타사 플랫폼에 가입하면 메이투완에 가입하지 못하게 강요했다는 것이다. 그리고 작년 한 해에만 연구개발비를 3조 3천억 원을 투입했다고 한다. 음식 배달로 돈을 벌긴 버는데 공유자전거, 신선식품 배달 등으로 사업영역을 확대하면서 그룹 전체적으로는 적자가 나는 듯하다.

중국을 보면 미시경제와 거시경제가 다 보인다. 1천 원을 벌기 위해 사고 위험을 무릅쓰고 과속을 일삼는 배달 노동자들의 신산한 삶도 보이고 이미 독점 수준인데도 더 독점을 강화하기 위해서 연구 개발비를 쏟아붓는 거대 기업의 전략도 보인다. 중국 정부가 거대 플랫폼 기업에 노동자들의 권익 보장 및 반독점 조치를 계속 강조하는 것도 다 이유가 있다. 하지만 마냥 때릴 수는 없다. 경제 성장과 일자리 때문이다. 1,300만 명의 일자리를 창출하는 산업을 만들기가 어디 쉽나?

식당에 가면
'다중디엔핑' 앱부터 열어라

　　중국에서 식당 찾기 앱 중에 압도적으로 1위를 달리는 것은 다중디엔핑(大衆點評)이다. 다중은 사람들이란 뜻이고 디엔핑은 평가라는 뜻이다. 앱 이름대로 2003년 처음 시작할 때는 소비자들이 음식점을 다녀와서 후기를 남기고 평가 별점을 매기는 사이트였다. 지금은 평가 외에 가격 할인, 호텔 예약, 음식 배달 주문 등까지 사업을 확장했다. 식당 외에도 박물관, 공원 등 관광지 방문 후기도 많다. 디엔핑은 2015년에는 중국 최대의 음식배달 앱인 메이투완과 합병했다. 그래서 메이투완과 디엔핑은 각각의 앱에서 같은 내용의 고객 후기를 볼 수 있다. 2007년에 구글이 400만 달러, 2011년에 중국 사모펀드가 1억 달러, 2014년에 위챗 메신저를 운영하는 텅쉰이 4억 달러, 2015년에 유수의 부동산 개발회사인 완다 그룹 등 여러 회사가 공동으로 8.5억 달러를 투자했다. 디엔핑의 급속 성장과 미래 수익 창출가능성을 높게 평가한 것이다.

도대체 이 앱이 뭐가 좋은지 필자의 약 2년간의 사용 경험을 토대로 얘기해 본다. 먼저 식당을 고를 때 식당과 관련된 정보를 파악한다. 이 앱에는 영업 중인 거의 모든 식당이 수록되어 있다. 특정 식당을 클릭하면 식당 이름과 위치, 연락처, 평균 객단가, 매장과 음식 사진, 할인권, 추천 메뉴, 메뉴판, 이용자 후기까지 다양한 정보를 알 수 있다. 식당 이름 바로 밑에는 5점 만점으로 표시된 점수가 적혀 있다. 맛, 시설, 서비스 카테고리별로 각각 점수를 매기고 이 평균이 종합 점수가 된다. 5점 만점에 4.5점 이상이면 대체로 맛집이다.

사진도 많이 올라와 있는데 음식, 시설, 메뉴판, 업소 게시글 등으로 카테고리가 나뉘어 있어서 필요한 부분을 찾아보기 편리하다. 손님을 접대하는 자리라면 어느 정도 규모도 커야 하고 가능하면 룸을 예약해야 할 것이다. 사진을 보면 입구부터 홀, 룸 등 상세 사진이 나와 있으니 어떤 수준의 식당인지 감이 올 것이다. 시설과 평균 객단가를 보면 고급 레스토랑인지 간단한 스낵 식당인지 알 수 있다.

그다음에 보는 것이 할인권이다. 이 부분이 우리나라에는 거의 없는 특유의 기능이자 디엔핑의 성공 요인이다. 알기 쉽게 예를 들어 설명하면, 내가 좋아하는 루강샤오전(鹿港小鎭)이라는 대만 요리 식당은 338위안짜리 4~5인 세트 메뉴가 있었다. 볶음밥, 닭조림 등을 포함한 7개 요리와 음료수로 구성되어 있다. 원래 따로 주문하면 464위안이지만 27퍼센트 할인된 가격에 구매할 수 있다. 앱에서 이 쿠폰을 사면 바코드가 생성되고 바코드를 종업원이 스캔하면 주문과 결제가 한꺼번에 끝난다. 가만히 기다리면 요리가 차례로 나온다. 물론 2인 세트 쿠폰도 1인 세트 쿠폰도 있고, 음료 단품 쿠폰도 있다. 이도 저도 싫으면 세트 메뉴가 아니라 그냥 총 결제 금액의 3~5퍼센트가 할인되는 쿠폰을 사용할 수도 있다.

　이 쿠폰 사용의 장점은, 첫째로 돈을 아끼는 것이고 둘째로 그 식당이 자체 선정한 시그니처 요리를 결정 장애 없이 맛볼 수 있다는 것이다. 한국에 비해서 중국은 식당에서 메뉴 고르는 것이 여간 어렵지 않다. 특히 여러 명이 갔을 때 한 사람이 메뉴를 선택했는데 맛없는 음식이 나온다면 적잖은 부담이 될 수 있다. 단점은 세트 메뉴에 내가 원치 않는 음식이 들어가거나 잘 모르고 시켰는데 맛없는 음식이 나올 때다. 하지만 30~40퍼센트 이상 할인이 된다면 요리 한 개 가격을 빼고도 각각 단품으로 시키는 것보다 저렴하다.

사천 요리 중 인기 메뉴인 수이주위　　중국식 가정 요리의 대명사인
(생선 살을 끓는 기름으로 익힌 요리)　마파두부

　　이 할인 쿠폰은 일반 식당 외에도 맥도널드, KFC, 커피전
문점까지 모두 있다. 맥도널드를 가더라도 한 번쯤은 디엔핑
앱을 열어 보는 것이 좋다. 조금이라도 할인을 받을 수 있을
것이다. 2013년에 디엔핑과 관련된 사건이 있었다. 디엔핑 앱
에서 맥도널드의 정가 19.5위안짜리 세트를 9.9위안에 판매
했는데 반나절 만에 22만 장이 팔렸다. 그런데 몇 시간 후 쿠
폰 판매가 중단되었다. 맥도널드는 디엔핑과 사전 협의가 안
된 사항이라서 쿠폰을 사용할 수 없다고 발표하였다. 소비자
의 비난이 쏟아졌다. 디엔핑은 다음 날 쿠폰을 구매한 모든 소
비자에게 9.9위안이 아닌 19.5위안로 보상해 준다는 내용의
입장을 발표했다. 이 일로 디엔핑은 하루 만에 우리 돈으로 4
억여 원의 손실을 보았지만 회사의 이미지와 신뢰 추락은 막
을 수 있었다. 네티즌들 사이에서는 농담으로 '이 쿠폰이 올해

최고의 재테크 상품이다. 하루 수익률이 100퍼센트'라는 얘기가 떠돌았다.

그다음 중요한 것이 고객들의 후기인데, 사실 식당 사장 친척이나 친구가 쓴 것인지 아니면 누군가가 돈 받고 써 줬는지 알 수는 없다. 일반 사용자라도 후기를 많이 올리면 디엔핑에서 포인트나 할인권을 주기 때문에 열심히 올리는 사람들이 있을 것이다. 이런 글들은 비교적 객관적일 테지만 사람마다 음식의 기호가 다르므로 판단에 참고만 된다. 본인 스스로 후기를 되도록 자세히 여러 개 읽어보는 것이 낫다. 경험에 의하면 어떤 식당에 가면 디엔핑에 좋은 후기를 올려주는 조건으로 요거트, 푸딩 등 디저트도 무료로 제공한다. 그만큼 식당 매출 증가에 손님들의 평가가 차지하는 비중이 크다.

소비자가 디엔핑 앱에서 쿠폰을 사면 디엔핑이 식당에서 받는 수수료는 얼마일까? 식당 주인에게 물어보니 5퍼센트라고 한다. 식당 입장에서는 디엔핑에 내는 수수료와 세트 메뉴 할인을 감수하더라도 디엔핑에 자기 식당을 소개해야 손님이 들어오는 것이다. 과거 뉴스에 의하면 '한화 약 150만 원을 내면 별점 4.5점으로 만들어 주겠다'고 광고하는 업체도 있다고 전해진다. 별점은 소비자들이 매기는 것이니 다른 사람의 아이디를 많이 동원하면 조작이 가능할 것이다. 그래서 후기가 몇백 개에 불과한 신장개업 식당은 조심해야 한다. 후기가 천 개 이상 올라온 식당이라면 안전하다.

　디엔핑은 수수료 수입 외에도 광고 수입이 막대하다. 앱을 열면 초기 메인화면에 표출되는 식당들은 거액의 광고비를 지불했을 것이 틀림없다. 특정 음식 이름, 예를 들면 '오리구이'나 '우육면'으로 검색했을 때 식당이 표출되는 순서는 1차로 내가 '즐겨찾기'로 지정한 식당들, 그다음은 대체로 거리순이다. 그런데 중간중간에 다른 식당들의 후기들이 끼어 있다. 광고비를 따로 지불한 식당이다.

　내가 식당을 고를 때 자주 찾아보는 '식당 순위'도 광고와 관련이 있다. 음식 종류별로 또는 지역별로 구분한 식당 순위가 나온다. 예를 들면 베이징 시에 소재한 양꼬치구이가 맛있는 식당 순위, 일본 요리점 중에서 차오양구에 소재한 식당 순위 식이다. 근데 이것도 자세히 보면 별점 순이 아니라 '스마트 순위'라고 표시되어 있다. 디엔핑도 대놓고 광고비를 받은 식당이라 할 수 없으니 적당히 스마트 순위라고 면피하는 듯하다.

　결론적으로 중국어를 이해하는 사람이라면 디엔핑을 적절히 활용하면 금전적인 이익을 볼 수 있다. 어차피 같은 요리를 먹을 거면 저렴하게 먹는 게 좋지 않을까? 하지만 과잉 소비나 충동 소비는 피하길 바란다. 이 글을 읽는 독자들은 계획적이고 합리적인 현명한 미식가가 되길 바란다.

거리가 점점
깨끗해지고 있어요!

    1996년 8월에 생애 처음으로 대륙 땅을 밟게 되었다. 기록을 찾아보니 1996년의 1인당 GDP는 한국이 13,000달러, 중국이 700달러 수준이다. 우리보다 경제 수준이 현저히 낮은 나라로 유학을 가는 것이니 어느 정도는 각오한 터였다. 공기질, 교통수단, 생활 인프라 등이 기대에 미치지 못해도 스스로 '여기는 외국이다, 물가도 싸서 좋다'라며 자기 위안도 하고 적응을 잘하자는 생각이었다. 더구나 스물네 살의 대학생인데 조금 불편하다고 불평하지 말고 뭐든지 도전하는 자세로 임하려 했다. 그런데 적응하기 어려운 것이 하나 있었다. 중국 사람들이 쓰레기를 너무 함부로 버리는 것이었다.

무단 쓰레기 투기에 대한 강렬한 목격담을 소개한다. 어학 연수 6개월이 끝나고 겨울방학 때 남방 여행을 했다. 중국에서 가장 크고 긴 강인 양쯔강에서 배를 타고 싶었다. 양쯔강을 중국에서는 '창장(長江)'이라고 한다. 여행 일정을 조정하여 창장 중류 지역 우한에서 상류 지역 충칭까지 가는 여객선에 탑승했다. 관광객들을 위한 유람선이 아닌 말 그대로 사람들을 실어 나르는 선박이었다. 지금이야 우한에서 충칭까지 고속철도가 깔려 5시간이면 갈 수 있다. 하지만 당시에는 버스나 배를 이용해야 했다. 이 배는 속도가 느리고 중간에 서는 곳이 많아 목적지까지 장장 35시간이나 걸렸다. 4인이 같이 쓰는 침대 객실을 예약했다. 배의 규모가 꽤 컸다. 5층이 넘었고 승객이 500명 이상은 족히 되었다.

지금이야 배 내부 시설이 현대화되어 식당이나 매점 등이 완비되어 있지만 당시의 배에는 변변한 식당이 없었다. 그래서 중간 기착지에서 먹을 것을 각자 알아서 구입한다. 그런데 배에서 내렸다가 다시 탈 수가 없으므로 음식을 살 때마다 진풍경이 벌어진다. 배가 항구에 다가선다. 바다의 항구가 아니라 강의 항구다. 그러면 대기하고 있던 상인 수백 명이 배 가까이에 근접한다. 이들은 모두 잠자리채 모양의 긴 장대를 들고 있다. 먼저 승객이 사고 싶은 음식과 수량을 큰 소리로 말

중국인들이 즐겨 먹는 채소 볶음. 도시락에 많이 들어간다

한다. 장사치는 주문받은 도시락이나 과일 등을 장대 끝에 달린 망에 넣어 배 쪽으로 내밀면 승객이 물건을 받고 돈을 망에 넣으면 된다. 수백 개의 장대들이 배의 옆면에서 왔다리 갔다리 하는 장면은 신기하다. 어쩌다 부주의하면 물건이 그대로 강으로 떨어지기도 한다. 어쨌든 필자도 도시락과 과일, 과자 등 먹고 싶은 것을 틈틈이 이런 방식으로 샀다.

그런데 문제는 쓰레기 처리다. 승객들이 가장 많이 사는 것은 도시락인데 얇은 스티로폼으로 된 곽에 밥을 넣고 그 위에 고기반찬과 채소 반찬 한두 가지를 얹은 것이다. 가격은 고기반찬의 개수에 따라 3~10위안 정도다. 그런데 중국인들은 도시락을 다 먹은 후 스티로폼 곽을 그대로 강에 던져버린다. 버리는 사람이 한둘이 아니었다. 항구에서 비슷한 시간에 산 도시락이므로 식사를 마치는 시간도 비슷했다. 배가 5층까지 있는데 각 층의 승객들이 일제히 하얀색의 스티로폼 쓰레기를 강으로 던졌다. 마치 수백 마리의 나비가 날개를 펄럭이며 강하하는 듯했다. 조금 멀리서 보면 한여름에 때아닌 함박눈이 내리는 듯했다. 이 광경에 충격을 받아 옆에 있던 중국 사람에게 물어보았다. 쓰레기를 이렇게 함부로 버려도 괜찮냐고. 아저씨의 대답이 걸작이다. 중국의 자연은 크고 넓어서 이 정도의 오염은 수용 가능하다고. 나는 아무 말도 할 수 없었다. 스티로폼이 둥둥 흘러가서 상하이를 지나 황해까지 도달하면 바다까지 오염이 될 것이고 완전히 썩어서 없어지려면 몇백 년이 걸린다는 것을 얘기해 봐야 무슨 소용이 있을까?

또 다른 사례도 있다. 요즘에는 이런 습관이 많이 없어지기는 했지만 과거에 중국인은 해바라기씨를 즐겨 먹었다. 해바라기씨는 껍질 그대로 볶아서 파는데 씨를 입에 넣어 발라 먹고는 껍질을 그대로 땅에 버린다. 유명 식당에 가면 줄을 서서 대기하는 손님들에게 심심풀이로 해바라기씨를 제공하는데 껍질을 함부로 땅에 버려 수북하게 쌓여 있는 광경을 여러 번 보았다.

하지만 지금은 정말 많이 변했다. 춘절과 같은 연휴에도 환경미화원이 거리를 청소한다. 수시로 살수차가 다니면서 물도 뿌린다. 기차에서도 함부로 쓰레기를 버리는 사람은 거의 없다. 하지만 길거리에 담배꽁초를 그냥 버리는 사람들은 아직 좀 있는 것 같다. 공공질서 의식이 아직 선진국 수준은 아니다. 왜 이럴까? 중국이 더 잘살게 되면 공공 의식이 더 올라갈까? 개인적인 생각으로는 중국인들은 '자기 재산, 자기 영역'을 지키고 소중히 하는 의식이 유난히 강하다. 이에 비해 공공 재산이나 공용 공간에 대한 애호 의식은 약한 것 같다. 중국 가정을 방문해 보면 예상과 달리 너무나 깨끗하고 으리으리하고 화려한 실내 인테리어에 놀라는 경우가 있다. 그런데 집 밖을 나오면 바로 아파트 통로부터 지저분하다. 오랜 기간 역사적으로 형성된 관념일 수도 있다. 중국이 왕조를 거듭하면서 전쟁과 재난, 약탈, 몰수 등을 몇천 년간 겪어오지 않았는가? 적자생존이라고 인간은 살기 위해 행동과 관념을 끊임없이 변화시켜 적응한다. 중국인들이 '내 것'을 지키는 데 집중하는 것도 이런 측면에서 이해해 볼 수 있지 않을까?

중국 경제의
속살 들여다보기

중국에서 당황하지 않고 사는 법

집 앞에 교통 정체가
갑자기 사라진 까닭은?

　　내가 살고 있는 아파트 단지 앞에는 상당한 규모의 업무용 빌딩이 있다. 8층 규모이지만 면적이 넓어 예전에는 월마트도 입점했던 큰 건물이다. 지금은 시대의 흐름을 반영한 것인지 ICT 기업 3~4곳이 들어와 있다. 그중에 한 회사 이름을 검색해 보니 은행과 증권회사에서 사용하는 금융시스템 및 소프트웨어 등을 개발하는 회사다. 퇴근할 때 보면 대부분 20~30대 직원들이다. 옷도 정장 차림이 아니라 편안한 캐주얼 차림이다.

　　환경에 유해한 기업도 아니고 위험한 설비도 없어 좋지만 문제는 매일 밤 9시 무렵 그 빌딩 앞에 교통 대란이 일어난다

중국에 우후죽순 들어서는 첨단 빌딩

는 점이다. 왕복 6차선 도로가 꽉 막혀서 차들이 울려대는 경적이 거의 30분 이상 귀를 찌른다. 창밖으로 보니 인도 쪽으로 붙어 있는 3차선과 2차선, 어떤 때는 1차선까지 불법 주차한 자동차가 도로를 막고 있다. 이쯤되면 중앙선 넘어 역주행을 할 수밖에 없다. 경적을 누르는 사람도 짜증날 테지만 인근 아파트 단지의 주민들의 짜증은 말로 할 수 없다. 반대쪽 차선도 3차선과 2차선에 군데군데 불법주차 차량이 서 있어 중앙선을 넘어 직진하는 것도 쉽지 않다.

평상시에는 막힐 이유가 없는 도로가 왜 이 시간대에만 막히는지 아파트 경비원에게 물었다. 돌아오는 답은 '지금이 퇴근 시간'이라는 것이다. 줄지어 서 있는 차들은 퇴근하는 직원을 태울 우버 택시들이다. 중국에서 '우버' 브랜드는 영업 금지다. 하지만 국내의 수많은 회사가 경쟁 중인데 이를 이를 통칭하여 중국어로 '온라인 예약차(網約車)'라고 한다. 기사들은 퇴근 시간에 맞춰 와서 승객을 기다리고, 수백 명의 회사원들은 9시를 딱 넘기는 순간 일제히 나와서 각자 예약한 택시를 타기 위해 벌어지는 진풍경이다. 수백 대의 택시들이 같은 시간대에 주차 공간도 없이 대로에 줄지어 서 있어서 10차선 도로라도 감당이 안 될 것이다.

그건 그렇다 치고 IT 기업이라 일이 많아 야근하는 건 이해하겠는데 퇴근 시간이 밤 9시로 정해진건가? 궁금함이 완전히 가시지 않았다. 알고 보니 대부분 기업이 규정상 9시가 넘어 퇴근하는 직원에게만 택시비를 지원한다고 한다. 그리고 또 한 가지, 택시를 이용하지 않고 직장과 가까운 곳에 월세를 얻는 직원에게는 택시를 이용하는 직원과 비슷한 수준으로 월 20~30만 원 정도의 주택 수당을 지급한다는 것이다.

궁금증은 풀렸으나 평일 밤마다 소음에 시달리는 것은 해결되지 않았다. 그리고 중국의 IT 기업, 벤처기업에서 일하는 젊은 직원들에게 측은한 생각이 들었다. 사실 중국에서 '996'은 일상화된 지 오래다. 996은 오전 9시 출근, 오후 9시 퇴근,

중국의 지도 앱에서 온라인 택시를
바로 부를 수 있다. 목적지를 검색하면
예상 경로와 소요 시간과 함께 그림처럼
수십 개 택시회사의 각각 다른 요금이 뜬다.
선택하고 기다리면 몇 분 후 택시가 온다

일주일에 6일 출근(주 72시간 근무)을 말한다. 중국의 근로 관련 법령에는 주 40시간이 명시되어 있고, 주 5일제도 우리나라보다 먼저 실시했다. 중국은 회사 규모와 관계없이 1995년에 전면 실시하였고 우리나라는 2004년 대규모 사업장에서 시작하여 2011년에 소규모 회사까지 모두 실시했다. 하지만 법에 예외 규정이 있는 건지 야근수당을 두둑하게 지급하는 건지 아니면 정부가 산업 발전을 우선시해 불법을 눈감아 주고 있는 건지 몰랐다. 하지만 나중에 알고 보니 모두 불법이었다.

그런데 신기하게도 2022년 1월 1일부터 교통정체가 사라졌다. 밤 9시가 다가오면 스멀스멀 모여들던 택시들이 거짓말처럼 모두 사라진 것이다. 직원들이 그 전에 모두 퇴근한다는 얘기다. 무슨 일이 있었을까?

2021년 8월 우리의 대법원에 해당하는 중국 최고인민법원과 인력자원사회보장부는 '996'이 초과 근무 시간 상한과 관련한 법률 규정을 엄중하게 위반하고 있으며 이와 관련한 개별 기업의 회사 규칙은 모두 무효라고 발표하였다. 이와 함께 제시한 사례가 있다. A씨는 2020년 6월에 어떤 택배회사에 취직했다. A씨는 처음부터 '996' 방식의 근무를 강요받았다. 2개월 후 A씨는 초과 근무시간 상한 초과를 이유로 야근을 거절하였으나 회사는 엉뚱하게도 채용 시에 채용자격이 미달했다는 이유로 해고하였다. A씨는 노동쟁의위원회에 중재를 신청하였고, 위원회는 회사가 A씨에게 배상금으로 한화 160만 원을 지급하라고 결정했다.

2021년 8월 이후 콰이셔우, 메이투안여우시엔, 즈지에탸오동과 같이 10만 명 이상의 인력을 고용하고 있는 플랫폼 기업들이 속속 근무 시간 관련 개선 조치를 내부적으로 진행하였다고 한다. 우리 집 앞에 있는 회사들도 2022년 새해부터 전격적으로 초과 근무 관련 개선된 제도를 도입한 것으로 보인다. 이렇게 다행히도 밤마다 시달리던 소음이 사라지자 일상이 평안하고 행복했다. 그런데 직원들 입장에서는 야근 감소의 문제보다 일자리가 사라져가고 있다는 것이 큰 위협이 되었다. 지금껏 잘 나가던 중국의 정보통신 기업에게 대규모 감원의 바람이 불기 시작한 것이다.

직원 수가 무려 31만 명!
젊은 인재들이 몰리는 중국 IT 기업

이제는 우리나라 사람도 이름을 들으면 알 정도로 낯설지 않은 중국의 대형 IT 기업의 속살을 들여다보려 한다. 먼저 구체적인 데이터를 보면서 비교해 보자.

징둥과 알리바바는 중국의 대표적인 온라인 쇼핑몰이다. 우리로 치면 쿠팡, 인터파크와 같은 대기업이다. 온라인 쇼핑 시장이 급속히 성장하고 있으므로 직원 수와 매출액이 압도적으로 많은 것을 볼 수 있다. 징둥은 매출액 대비 부채가 알리바바에 비해 훨씬 적다. 기업의 내실이 튼튼하다는 얘기이다. 알리바바의 높은 부채 비율은 주가를 최고가 대비 절반까지

연번	기업명	직원수(명)	직원평균 연령(세)	2021년 매출액 (한화, 원)	2021년 9월 말 기준 부채 (한화, 원)	2021년 주식 최고가와 최저가 차이 (하락률, %)
1	징동	315,000	30	134조	48조	-20
2	알리바바	259,000	31	81조	124조	-49
3	텅쉰	107,000	29	83조	127조	-18
4	신동팡	88,000	미상	0.8조	1조	-88
5	바이두	41,000	30	12조	32조	-31
6	시에청	33,000	30	3조	18조	-27
7	샤오미	26,000	29	48조	30조	-44

출처: 중국증권거래소

끌어내렸다. 최근 급성장세를 보이며 알리바바를 추월한 징동은 京東이라는 이름 속에 '서울 京'자가 들어간 데서 알 수 있듯이 1999년 류창동이 베이징 중관촌에서 창업했고, 본사도 베이징 남쪽의 이쫭경제기술개발구에 자리 잡고 있다. 항저우에 자리 잡은 알리바바는 세계적으로 유명한 마윈이 창업한 회사이고 도소매 유통을 넘어서 영화, 드라마 제작에도 투자를 늘리고 있다. 최근의 할리우드 블록버스터 영화 중에서도 상영 시작 시 제작사인 알리바바 로고가 커다랗게 나오는 것을 종종 볼 수 있다. 화면 한가운데 턱이 길고 수염을 기른 알리바바의 얼굴이 뜬다.

텅쉰은 우리의 카카오톡 격인 위챗, 텅쉰 게임, OTT 업체인 텅쉰 영상, 음악 스트리밍 서비스를 제공하는 QQ뮤직 등을 운영한다. 메신저와 게임이 주력으로 특히 이 분야에서 매출액이 많다. 신동팡은 우리의 메가스터디와 같은 온라인 교육 기업인데 2021년 중국 교육부의 전격적인 사교육 금지 조치로 궤멸적인 타격을 입었다. 주가가 88퍼센트 폭락한 것을 보면 알 수 있다. 앞으로 회사의 존립도 불투명하다.

중국의 네이버 격인 바이두는 리옌홍이 2000년 중관촌에서 창업한 검색 포털이다. 전 세계적으로 각 나라의 검색 엔진 순위에서 구글이 1위를 차지하지 않는 나라는 한국과 중국이 대표적일 것이다. 중국에서는 구글, 유튜브, 페이스북, 인스타그램 등이 차단되어 있으므로 토종 검색 엔진을 사용할 수밖에 없다. 나도 바이두로 검색하고, 바이두에 접속해 뉴스를 보며 바이두 백과로 신조어나 인물 검색을 한다. 지도 앱은 가오더(高德) 지도를 많이 쓰지만 바이두 지도도 사용한다. 바이두 지도가 좋은 점이 가오더에는 없는 스트리트뷰를 제공하기 때문이다. 언젠가 차 지붕 위에 360도 카메라를 달고 돌아다니는 '다음맵' 소속 차를 우리나라에서 본 적이 있다. 중국의 땅 면적은 우리와는 비교도 안 될 정도로 넓은데 어떻게 스트리트 뷰를 찍어서 올렸는지 참 대단하다고 생각했다.

시에청은 중국 최대의 온라인 여행사이다. 우리나라에는 트립닷컴으로 알려져 있다. 트립닷컴을 통해 항공권을 사고 호텔을 예약하고 중국 고속철 표를 사본 한국 사람이 꽤 있을

베이징 남쪽 교외에 위치한 징동 본사 건물. 주변에 추가로 빌딩을 건설해
계열사를 입주시킬 계획이다

것이다. 그런데 2000년 코로나19 사태 이후 관광 경기의 극
도 침체로 근근이 버티다가 최근 들어서야 회복세에 있다. 샤
오미는 '대륙의 실수'로 우리에게 잘 알려진 기업이다. 소형
가전, 지능형 가전을 생산하는 제조업 기업이다 보니 매출액
이 크다. 징동에서 검색해 보면 스펙이 비슷한 샤오미 휴대전
화의 가격이 삼성이나 애플의 반값이다. 휴대전화 품질도 선
진국을 따라잡고 있다.

　　재밌는 것은 업종도 다르고 규모도 천차만별인 기업들의
유일한 공통점이 직원들의 평균연령이다. 대부분 29~31세
다. 밤 9시에 일제히 퇴근했던 IT 소프트웨어 개발 기업의 직
원들이 머리에 떠오른다. 그런데 이 젊은 직원들이 35세가 되
면 위기를 맞이한다.

한창 일할 나이 35세,
그런데 은퇴라니요?

중국 IT 기업의 현재 상황을 알려면 과거의 역사를 살펴볼 필요가 있다. 일단 'BAT'라고 일컫는 중국 IT 발전 초창기 스타트업들이 현재는 중국의 대기업으로 군림한다. 'BAT'란 검색 분야의 바이두, 전자상거래의 알리바바, 게임과 메신저 텅쉰의 영문 앞 글자를 딴 것이다. 그 이후 신생 기업을 대표하는 것이 'TMD'라고 일컬어지는 동영상의 틱톡, 배달의 메이투완, 온라인 택시의 디디다.

20여 년 전에는 정보통신기업에서 근무하는 직원들이 스스로 야근을 원하는 분위기였다고 한다. 인터넷 비즈니스가 급속 발전하는 시기여서 할 일도 많고 직원들도 스스로 아이디어가 많았다. '기술로 세계를 바꾸자'라는 가치관을 공유했다. 프로그래머들은 고정된 출퇴근 시간도 없고, 근무 시간에 게임을 해도 문제가 없고, 회사의 복지혜택도 많고, 생산하는 물품 또는 서비스 설계에 대한 의사 결정권과 마케팅 방법에 대한 발언권도 있었다.

그러나 IT 비즈니스의 범위가 넓어지고 업계 내부의 경쟁도 심화하면서 야근 문화가 점점 심해졌다. 모 기업의 어떤 직원은 50일 동안 하루도 못 쉬고 매일 11시에 출근해서 다음 날 새벽 3~4시에 퇴근하는 사례도 있었고, 급기야는 2020년 온라인 쇼핑몰인 핀두오두오라는 회사의 23세 직원이 갑자기 쓰러져 사망하는 일까지 발생하였다.

야근 문화가 일상화된 것은 기업의 '인건비 절감' 정책의 필연적인 결과인 측면도 있다. 예를 들면 텅쉰의 2021년 3분

평일 밤 9시 왕징의 S/W 개발사

평일 밤 9시 왕징 소재 EPSON

기 매출액이 한화로 28조 원, 순이익이 8조 원에 이르는데 직원 11만 명의 인건비가 5조 2천억 원이다. 한 달 평균 1조 7천억 원이니 한 사람당 1,600만 원이다. 물론 임원과 말단 사원을 모두 포함한 것이지만 중국 물가수준을 고려할 때 엄청난 수준의 인건비다. 이러다 보니 기업에서 야근을 일상화하고 신규 채용 규모를 줄일 수밖에 없다.

인터넷상에서 떠도는 얘기가 있다. 어느 회사가 1명의 엔지니어를 고용해서 주 72시간 일을 시키면 1년간 1억 원의 비용이 든다. 그런데 1명을 더 고용해서 2명이 주 40시간 표준시간을 근로하면 총 1억 6천만 원의 비용이 든다. 이러니 추가 고용하지 않고 한 사람을 상시 초과 근무시킬 수밖에 없는 것이다.

그리고 회사는 비용 절감을 위해서 경력직보다는 갓 대학을 졸업한 젊은 인재를 선호한다. 경력직은 8~9천만 원을 줘야 하지만 갓 대학 졸업한 학생은 4~5천만 원에 채용할 수 있다. 젊은 사람은 월급도 적게 받고 학습 능력도 강하고 에너지도 충만하고 잦은 야근에도 불평이 적으니 기업 경영자는 대환영이다. 직원이 35세를 넘어가면 고강도의 누적된 노동으로 인해 건강이 나빠지고 결근도 잦고 건강보험 비용도 많이 들고 그 결과 업무상 재해의 비율도 높아진다.

2020년 11월에 45세의 소프트웨어 개발자가 중국 정부 사이트에 '국무원 총리에게 보내는 글'을 올렸다. 온갖 IT 관련 자격증은 다 가지고 있는데 마흔 살이 넘어 취직은 고사하고 면접의 기회조차 주어지지 않으며, 정부는 저출생 현상으로 인해 은퇴 연령을 늦추자고 외치는 상황에 나 같이 경험과 노하우를 발휘할 수 있는 40대를 그냥 놀리고 있는 게 아니냐는 하소연이다. 인터넷에서는 기업의 인사 부문에서 40세 혹은 35세 이상의 경력자는 채용하지 않는 불문율이 있는 것 아니냐는 얘기도 들린다.

쾌속 발전의 피로증이라 할까? 이런 현상이 일시적인지 만성화되는지에 따라 중국 IT 기업의 중장기적 발전에도 영향을 주지 않을까 생각한다. 결국 모든 일은 사람이 하는 것이고 중국도 2022년부터 인구가 감소하기 시작했다. 앞으로 10~20년이 지나면 경제활동인구가 비경제활동인구보다 훨씬 많은 소위 '인구 보너스'도 사라질 것으로 보인다. 그때가 되면 대학 졸업생도 소위 '싼 맛'에 채용하지는 못할 것이다.

중국이 자랑할 만한
고속철도

중국이 자랑하는 고속철을 직접 타 본 후기를 소개한다. 2021년 당시 코로나19 방역 정책 때문에 베이징을 나갔다가 돌아오면 PCR 검사 등 귀찮은 일이 많이 생기고 운이 없을 경우 다녀온 지역이 중위험 또는 고위험지역으로 분류되면 자가격리로 이어지는데 아이들까지 학교에 등교하지 못할 우려가 있다. 그래서 베이징시 경계 밖으로는 함부로 나가기가 어렵다.

하지만 4월이라 날도 풀리고, 벚꽃 구경도 할 겸 베이징시 옌칭현까지만 가는 기차를 탔다. 2022년 베이징 동계올림픽 준비를 위해 베이징에서 장지아커우까지 고속철이 새로 개통되었고, 옌칭에도 봅슬레이 종목 들을 진행하는 썰매 경기장까지 지선이 생겼다. 칭허역에서 옌칭역까지 30분 걸린다. 옌칭현은 행정구역상으로 베이징시에 속하기 때문에 베이징 시내를 돌아다니는 것과 똑같은 방역 기준을 적용한다. 베이징은 크다. 전체 면적은 우리나라의 강원도와 비슷하고 인구는 2,200만 명 정도이다.

기차표는 휴대전화로 구입한다. 2020년부터 종이 표가 사라졌다. 전자 표로 자기 좌석만 확인하면 된다. 우리와 다른 점은 철저한 실명제를 적용한다는 것이다. 중국인이든 외국인이든 신분증 또는 여권으로 실명 인증을 하고, 본인 명의로 된 휴대전화로 인증번호를 받아 입력해야 철도 예약 앱 회원가입을 할 수 있다. 앱 이름은 '12306'으로 중국철도 안내 전화번호와 같다. 중국의 '무시무시한' 실명제를 짐작할 수 있을

베이징 칭허역 내부

옌칭역 전경

것이다. 기차표는 본인 포함하여 5장까지 살 수 있으므로 가족 전체의 기차표를 예약하는 데는 큰 문제가 없다.

고속철을 타러 갈 때 기차역에 10분 전에만 도착해도 승차하는 데 어려움이 없다. 예전에는 사람이 워낙 많고 기차역에 진입할 때도 엄격한 짐 검사를 거쳤다. 개찰구를 빠져나갈 때도 역 직원이 일일이 종이 표를 확인해야 해서 적어도 열차 출발 1시간 전까지는 역에 가는 것이 안전했다. 이제 칭허역은 지하철 통로와 직접 연결되어 있어 지하철을 탈 때 이미 보안 검색을 했으므로 기차역 자체의 보안 검색을 거치지 않고 바로 역으로 진입하므로 시간을 아낄 수 있다. 무엇보다 편리한 것은 자동개찰기이다. 중국인은 신분증, 외국인은 여권만 스캔하면 지하철처럼 개찰기 문이 열린다. 그리고 고속철도역은 대부분 신설역이라 에스컬레이터가 설치되어 있어서 이동도 빠르다. 다만, 목적지 역에 내려서도 지하철처럼 개찰기를 통과해야 한다는 것이 특이한 점 중 하나다. 승객의 승하차 정보를 철저하게 수집하여 특수상황 발생 시 동선을 추적하는 목적이라고 생각한다.

새로 지은 칭허역은 공항을 방불케 하는 규모였다. 환경은 깨끗하고, 필요한 안내판이 잘 정비되어 있고, 역 진입부터 개찰, 탑승까지 동선도 간결했다. 다만 식당이나 커피숍 같은 상업 편의시설이 별로 없었다. 아마도 바로 전 역인 베이징북

출발을 기다리는 푸싱하오

역이 장자커우나 내몽골로 가는 출발역이고 칭허역은 중간역
이라 이용객이 적기 때문이 아닐까 한다.

　내가 탄 고속열차는 CR400BF-C-5144 푸싱하오였다.
CR400 계열을 의미하는 푸싱하오(復興號)는 중국의 부흥을
기대하며 명명한 것이다. 현 단계에서 중국 고속철의 최신차
량이다. CR은 China Railway의 약자이고, 400은 최고 속도
가 시속 400킬로미터라는 뜻이다. 최고 속도가 시속 400킬로
미터이면 상업 운행 속도는 350킬로미터이고, 최고 속도가 시
속 350킬로미터이면 상업 운행 속도는 300킬로미터다.

　B는 중국중차의 창춘공장에서 생산한 차량이라는 의미이

며 A는 중국중차 칭다오공장 생산 차량을 뜻한다. F는 동력 분산식 열차를 말한다. 매 차량에 동력장치가 달려 있다. 동력 차량이 앞뒤에 1량씩 따로 있고 중간의 객차 차량에는 동력장치가 없는 동력 집중식 열차에 비교하면 기관사가 타고 있는 동력 차량에도 좌석을 배치할 수 있고, 가속과 제동이 편리하다는 장점이 있다. 한국의 신형 고속철 차량인 KTX-청룡도 동력 분산식이다. 그리고 C는 8량 편성 열차의 구분기호이고, 5144는 차량 고유번호다.

실제 체험해 보니 진동이 거의 없었다. 차량도 최신이고, 궤도도 2022 베이징 동계올림픽을 맞아 각 개통한 선로라서 그런 모양이다. 한국에 있을 때 오송역에서 서울역까지 적어도 백 번 이상 기차를 타 본 나로서는 진동이 한국보다 덜하다는 점은 인정할 만했다. 2등 좌석은 통로를 가운데 두고 좌우에 3열과 2열 좌석이 배치되었는데 객차의 폭이 넓어서인지 좌석의 폭도 넓고, 앞뒤 간격도 한국 고속철보다 넉넉했다. 좌석도 뒤로 더 많이 젖힐 수 있다. 사실상 프랑스 TGV 차량을 그대로 도입한 한국의 구형 KTX 차량과는 비교가 안 되고 KTX-산천 차량보다도 낫다. 2열 쪽 좌석은 180도 회전이 가능하므로 앞뒤 승객이 마주 보고 갈 수 있다. 가족 단위 여행에 편의를 더해 준다. 다만 객차 천장과 좌석의 배색이 전반적으로 갈색 배경인데 파란색 계통의 윤활유 광고판을 객차

무싱하오 객차 내부

구석구석에 달아 놓아 분위기가 영 촌스럽게 되었다. 이런 디자인과 관련된 고급 디테일은 일본 철도를 배워야 하지 않나 싶다.

중국 언론은 동계올림픽을 맞아 새로 개통한 징장철도를 엄청나게 홍보했다. 관영 CCTV에서 고속철도 다큐멘터리도 제작하였고 중국의 발전상을 해외에 홍보할 때 항상 첫머리에 놓이는 것이 고속철인 것이 다 이유가 있었다. 세계적인 수준에서 손색이 없다. 더 놀라운 것은 경부선과 같은 400~500킬로미터 정도의 노선은 3~4년 만에 건설한다. 한국 고속철도의 경부선만 해도 공사 기간이 10년을 넘었는데 중국의 공사 속도는 가공할 만하다. 고속철도 건설 현장의 교각을 보면 '속도는 효율이고 시간은 금전이다'라는 표어가 붙어 있다. 이제는 우리가 아는 '만만디' 중국이 아니다.

종이 표가 없어지고, 자동개찰기 도입을 서두른 것은 코로나19의 영향도 있었다고 생각한다. 대면 접촉이 최소화되고 휴대전화 하나만 있으면 바로 앱으로 표를 끊어 중국 어디나 갈 수 있다. 옛날처럼 설 명절 때 표를 구하려고 기차역에 끝도 보이지 않는 장사진을 칠 필요가 없다. 또한 중국도 2022년이 인구가 감소하는 원년이 되었다. 역 관련 사무 인력 투입 최소화에도 한몫한 것으로 보인다. 어쨌든 승객, 특히 외국인에게는 편해졌다. 말 한마디 못해도 기차를 타는 데는 지장이 없다.

항공편과 비교하면 5시간까지는 무조건 고속철도가 유리하다고 생각한다. 국내선 항공을 이용하면 공항까지 차로 이동하고 공항에서 수속을 거쳐 대기하고 공항에서 다시 시내까지 차로 이동하는 시간 등을 고려할 때 순수 비행시간이 다만 1시간이라도 전체적으로 최소 5시간은 걸린다. 하지만 고속철은 시내와 시내를 바로 연결하고, 정시성이 항공에 비해 훨씬 뛰어나다. 눈과 비, 돌풍 같은 날씨의 영향을 비행기와 비교하면 거의 받지 않기 때문이다. 평균 시속 300킬로미터로 5시간이 소요되는 1,500킬로미터까지는 철도가 유리하다. 베이징-상하이가 1,300킬로미터이니 중국에서 가장 좌석점유율이 높고 가장 수익률이 높은 노선인 것도 승객들의 합리적 선택의 결과인 듯하다.

세계 최장 고속철도 건설,
득이 될까? 실이 될까?

국가나 기업이나 대규모 프로젝트를 계획할 때는 채산성을 고려하지 않을 수 없다. 우리나라도 중앙 또는 지방정부에서 철도나 도로, 공항을 건설하려 할 때는 기획재정부의 예비 타당성 조사를 통과해야 한다. 줄여서 '예타'라고 하는데 이 예타 보고서 내용 중에서 가장 핵심이 B/C 분석이다. B는 효용이고 C는 비용이다. 투입 대비 얼마나 효과가 날 것인가 분석해서 1을 넘으면 통과가 되고 1에 못 미치면 대부분 사업을 접게 된다. 물론 1이 안되어도 극히 예외적으로 필요성이 인정되기도 한다.

B/C 분석 틀을 중국의 고속철에 적용하면 통과될 노선이 몇 개 안 될 듯하다. 아예 경제적, 수학적 계산이 안된다. 아니면 B를 엄청나게 과대 계상하는 듯하다. 만약 어떤 노선을 10조 원 들여서 건설해서 요금을 얼마나 거둬야 건설한 투자비를 뽑을 수 있을까 하는 단순한 계산을 하면 매년 순이익 5천억 원을 올리면 20년, 2천억 원을 올리면 50년이 걸려야 투자비를 회수할 수 있는 것이다. 베이징−상하이 노선과 같은 황금노선은 극히 드물고 대부분 노선은 현행 요금을 대폭 인상하지 않으면 100년이 걸린다 해도 본전도 못 찾을 것이다.

고속열차의 비즈니스석(특등석)

전체 공사비용 회수는 고사하고 철도 직원들 인건비, 역사 및 선로, 신호체계 유지비용 등을 고려하면 회계연도 내에서 흑자를 내기도 어려울 듯하다.

그런데 우리가 간과하면 안 될 것이 중국 정부가 생각하는 '효과' 속에는 승차요금으로 버는 수익과 같은 직접적 효과 외에 다른 것이 있다. 경제적으로는 고속철 개통으로 인한 도시 발전, 역세권 개발, 철도의 네트워크화로 인한 지역 경제권의 통합 및 상승효과, 산업 및 물류의 클러스터화, 이동 시간 단축으로 인한 사회적 비용 절감, 관광 진흥 등이 있을 것이다. 하지만 다른 나라에서는 잘 모르는 더 중요한 효과가 정치적 통합의 효과다. 티베트, 신장 등 서부 지역을 빠르게 연결하고 하루 생활권으로 바꾸어 내지와의 통합력과 연결성을 강화한다. 이 지역의 원심력을 최대한 억제하고 중앙으로의 구심력을 강화한다. 이런 정치적 목적이 아니고서는 고속철도 건설 '광풍'을 설명할 수 없다. 물론 동부와 중부 지역은 전자의 경제적 효과가 강할 것이고 서부 지역은 후자의 정치적 효과가 강할 것이다.

국제 기준으로는 시속 200킬로미터 이상을 고속철로 인정한다. 칭짱철도는 속도가 시속 140킬로미터이므로 고속철이라고 할 수는 없지만 기념비적인 노선이다. 칭짱철로는 2006년 개통하였고 칭하이성 골무드와 티베트 라사를 연결한다.

총투자비가 우리 돈으로 6조 6천억 원, 총연장은 1,956킬로미터다. 얼음 땅이 얼었다 녹았다 반복하면서 철도 기반이 약해지기 때문에 온도 조절 파이프를 철로변에 수만 개를 촘촘히 박아서 문제를 해결했다. 모든 객차의 좌석 아래에는 산소 공급기가 있어 고산병 증세가 오면 바로 산소를 공급한다. 중국 사람들 말로는 동토 철도 건설에 세계적으로 최고 기술을 가진 스위스 기술자들도 탐사를 해보고 건설이 절대 불가능하다고 고개를 절레절레 내저었다고 전해진다. 현재까지도 운영에 큰 문제가 없는 걸 보면 중국의 기술적 돌파가 성공한 것이다. 기술도 기술이지만 세계에 어떤 기업이나 정부가 채산성 고려 없이 이런 철도를 건설할 수 있나? 정치적 고려가 없으면 불가능할 것이다. 중국에서는 정치적 효과가 B/C 분석에서 기본적으로 포함된다고 본다.

칭짱철로만 있는 것이 아니다. 중국은 지금 스촨성에서 티베트로 들어가는 촨짱철로와 윈난성에서 티베트로 들어가는 디엔짱철로도 단계적으로 건설하고 있다. 촨짱철로는 예상 공사비가 64조 원이다. 촨짱철로는 칭짱철로와 달리 스촨분지에서 히말라야 산맥으로 급격하게 고산을 올라타는 노선이라 해발 차도 많고 지역적으로 지진도 빈발해서 공사가 매우 어렵다. 대부분 고가와 터널로 건설한다니 이에 따라 공사비용도 치솟는다.

중국 고속철도의 총연장은 2024년 말 4만 8천 킬로미터를 돌파했다. 2008년 이후 매년 3천 킬로미터씩 건설한 셈이다. 열차번호가 'G'로 시작하는 것은 고속 열차다. 고속의 중국어 발음은 'gaosu'다. 예를 들어 G1호 열차는 매일 베이징남역을 오전 9시에 출발해 상하이역에 오후 1시 28분에 도착하는 열차다. 베이징–상하이 간 노선 중에 가장 빠른 기차다. 예전에는 K(쾌속), Z(직통)로 시작하는 열차가 많았는데 이제는 대부분이 G로 시작하는 열차다. 고속철이 메인을 차지하고 나머지는 중단거리 보완 열차로 재편되었다.

고속철도를 이렇게 급속도로 만들려면 돈은 얼마나 들까? 자료에 의하면 2014년 이후 철도 고정자산 투자액은 매년 160조 원 이상을 계속 기록하고 있다. 대략 최근 10년만 따

중국의 고속열차는 우리 KTX와 달리 출입문이 저상이라 타고내리기 편리하다

져 보아도 1,600조 원 이상을 철도 건설에 쏟아부은 셈이다. 공사의 주체는 중국철건과 중국중철이라는 회사다. 두 회사의 시장 점유율은 90퍼센트를 넘는다. 차량은 중국중차가 만든다. 이 회사의 시장 점유율은 80퍼센트 이상이다. 모두 국유기업이다. 고속철도 1킬로미터를 건설하는 데 비용은 얼마나 들까? 중국에서는 약 260억 원, 선진국에서는 600억 원 이상 든다. 한국의 경부고속철도는 420킬로미터를 건설하는 데 20조 원이 들었다. 킬로미터당 480억 원이다. 2004년에 공사가 시작되었으니 물가 상승 등을 고려했을 때 현재 비용으로는 600억 원에 가까울 것이다. 특기할 만한 것은 중국이 최근에 건설하는 고속철도는 평지임에도 불구하고 고가를 놓는 경우가 많다. 토지 보상 비용을 줄이고 지반 침하의 위험을 줄이기 위해서다.

중국의 고속철 요금은 어떨까? 권위 있는 자료는 아니나 네티즌이 조사한 자료를 보면, 영국이 1킬로미터당 900원, 독일 460원, 일본 400원, 프랑스 240원, 한국 140원, 중국 80원 수준이라고 한다. 서울─부산 간 420킬로미터 거리의 KTX 요금이 6만 원 정도이니 대략 맞는 데이터다. 같은 거리를 가는 데 영국은 중국보다 10배 이상 요금이 든다. 요금이 한국의 60퍼센트 수준이니 한국 사람들이 중국에 오면 고속열차를 저렴한 가격에 탈 수 있어서 좋을 것이다.

고속도로도
고속으로 짓는다

중국 정부는 기회만 있으면 중국의 고속철도가 세계 선진 수준이라고 자랑한다. 고속철도의 최신 건설 성과를 인민일보 기사를 통해 소개한다. 2024년 말 기준으로 총 철도 연장이 16만 2천 킬로미터, 이 중 고속철도가 4만 8천 킬로미터다. 압도적인 세계 1위다. 중국 정부가 발표한 남북과 동서 방향 각각 8개의 간선 고속철도망을 일컫는 '8종 8횡' 중 85퍼센트가 개통되어 운영 중이고 15퍼센트는 건설 중이라고 한다. 2024년 한 해 동안 43억 명이 철도를 이용했다. 365일로 나누면 매일 약 1천 2백만 명이 기차를 타는 것이다.

남아공에서 근무할 당시 아프리카에서 제일 잘 산다는 남아공이 왜 인프라 건설이 매우 부진한지 궁금했다. 백인 정권 시절의 20~30년 된 낡은 열차를 제대로 유지 보수도 하지 않은 상태에서 운행하고 있었다. 정부가 돈이 없어서 그런 건 아니다. 정부가 노인이나 아동들에게 매월 수당을 줄 정도니 예산이 부족한 건 아니었다. 나라의 미래를 위해 정부 예산을 어디에 투입할지 의사결정이 중요하다. 행정수도인 프리토리아에서 제1의 도시 요하네스버그를 거쳐 제2의 도시 케이프타운까지 1,700킬로미터 거리인데 이 구간에 고속철도를 건설하면 최적화된 운영이 가능하다고 생각한다. 시속 350킬로미터의 열차를 투입하면 5시간 내 주파가 가능하다.

　　남아공 정부는 장기적으로 경제발전에 도움이 되고 많은 일자리를 창출하는 철도, 도로, 공항, 항만, 교량 등 대형 인프라 건설에 우선순위를 두지 않고 현금성 보조금으로 유권자들을 현혹하여 계속 정권을 유지하는 것에만 관심이 있는 것으로 보였다. 물론 중국은 정기적으로 수평적 정권 교체가 일어날 가능성이 거의 없으니 장기적인 인프라 건설계획을 수립할 수 있겠지만 중요한 건 선진국 건설에 대한 의지와 열정이 아닐까? 길이 뚫리면 사람이 다니고 물건도 운반하고 서비스 교류도 이루어진다. 도시 외곽에 세워진 대규모 고속철도역은 역세권을 창출해 부도심 형성과 부동산 개발에 일조한다. 지속적인 인프라 건설 없이는 경제 성장이 한계에 부닥친다.

　교통 인프라의 핵심이 철도와 도로다. 외국인들에게는 중국의 고속철도에 비해 잘 알려지지 않은 것이 중국의 고속도로다. 사실 자가 운전자의 경우 출퇴근이나 가족들과 교외 나들이 등에 이용하는 걸로 따지면 철도 이용률보다 도로 이용률이 훨씬 높다. 중국은 춘윈(春運)이라고 해서 매년 음력 설(春節) 전후 40일을 특별 수송기간으로 설정해 교통수단 증차, 안전 사고 예방, 부처 간 협력 강화 등 국가가 전체적으로 관리한다. 예를 들어 2024년 춘윈은 설 당일인 2월 10일을 전후로 1월 26일부터 3월 5일까지 설정한다. 우리의 경찰청인

최신 열차인 푸싱하오 객차 내부

공안부가 예측한 이동객 수는 90억 명에 달한다(중국청년망 2024. 1. 24. 기사). 1월 26일 하루에만 1억 8천만 명이 이동했다. 이 중 철도 이용이 1,060만 명, 도로가 1억 6,900만 명, 항공이 200만명, 뱃길이 52만 명이다. 중국이 개혁개방 이후 철도와 항공 인프라를 급속도로 확충했다. 하지만 여전히 도로의 비중이 압도적인 것을 알 수 있다.

2025년 초 기준으로 중국 전국의 도로 총연장은 544만 킬로미터이고 이 중 19만 킬로미터가 고속도로다. 역시 세계 1위다. 중국이 워낙 땅덩어리가 크니 단순 비교는 어렵겠지만 미국 고속도로는 2016년 기준으로 7만 8천 킬로미터, 한국 고속도로는 2024년 기준으로 5천 킬로미터다. 건설 속도도 빠르다. 1988년 최초로 상하이−자싱 고속도로가 개통되었다. 이후 고속도로 총연장이 2001년에 2만 킬로미터, 2018년에 14만 킬로미터, 2020년에 16만 킬로미터를 돌파하였다. 평균으로 치면 매년 꼬박꼬박 7,000킬로미터씩 건설한 것이다. 중국 정부는 2013년 '71118' 프로젝트를 발표했다. 구체적인 내용은 7개의 수도권 순환 고속도로, 11개의 남북 방향 고속도로, 18개의 동서 방향 고속도로를 건설한다는 것이었다. 2024년 현재 거의 완성된 것으로 보인다. 서부 산간 지역 등 일부 구간은 지금도 계속 건설 중이다. 중국은 만만디 나라가 아니다. 고속으로 고속도로를 건설 중이다.

고속도로 요금 징수도 현대화했다. 과거에는 우리의 도에 해당하는 성 정부가 각자의 예산으로 고속도로를 건설했다. 공사비를 뽑아야 하니 각 성과 성 사이 경계에 요금소를 만들어서 요금을 징수했다. 번거롭기도 하고 요금 체계도 다르다 보니 민원이 많았는데 2019년에 정부가 모든 성 경계 요금소를 폐지하였다. 그리고 전자식 요금징수 시스템(ETC)도 도입했다. 이제는 우리나라의 하이패스처럼 고속도로 카드 한 장만 있으면 요금소에 정차할 필요도 없이 전국 어디든지 갈 수 있다.

다만 요금은 오히려 한국의 고속도로보다 비싸다. 베이징에서 청더로 여행한 적이 있다. 청더(承德)는 청나라 시절 황제들의 여름 휴가지인 피서산장(避暑山莊)으로 유명하다. 약 200킬로미터 거리의 요금이 90위안(한화 18,000원)이다. 우리나라와 비교해 보니 판교IC에서 상주IC까지의 거리가 200킬로미터인데 요금이 9,400원이다. 고속도로를 지을 때 비용이 많이 들었는지 아니면 정책적으로 탄소배출 저감을 위해 요금을 높게 하여 자동차 이용을 억제하려는지 그 이유는 잘 모르겠지만 요금은 확실히 비싸다.

일본도 고속도로 요금이 살인적이라고 한다. 기본요금 150엔에 1킬로미터당 24.6엔이다. 200킬로미터에 약 5천 엔(100엔=1,000원 환율로 5만원)이다. 우리나라는 정부의 정책적 억제와 재정 보조로 인해 타국에 비해 비교적 저렴한 게 아닌지 모르겠다. 농반진반으로 한국에서 고속도로를 많이 이용하는 분들은 세금을 많이 내준 납세자들에게 감사의 마음을 가져야 할 듯하다. 물론 민자 고속도로나 공항 가는 길의 영종대교 등 교량의 비싼 통행료는 예외로 한다.

우리나라도 운전자들의 편의를 위해 고속도로마다 번호가 있듯이 중국도 번호를 매겨 놓았다. 첫 번째 원칙은 영문자 G 다음에 한 자리, 두 자리, 네 자리 숫자가 오면 고속도로고 세 자리 숫자면 국도다. 성 경계를 뛰어넘지 않고 한 성에서만 오가는 고속도로는 S로 시작한다. 두 번째로 베이징에서 방사상으로 뻗어나가는 고속도로는 한 자리 수이고, 남북 방향은 두 자리 수 홀수고 동서 방향은 두 자리 수 짝수다. 그리고 도시 순환도로는 네 자리 수다.

예를 들어 설명하면 먼저 방사상에서 G1 베이징-하얼빈, G2는 베이징-상하이 고속도로다. 남북 방향에서 G15 선양-하이난, G45는 다칭-광저우 고속도로다. 동서 방향에서 G22 칭다오-란저우, G36은 난징-뤄양 고속도로다. 그리고 도시 순환은 G9901 하얼빈 순환도로, G9903은 항저우 순환도로 등이 있다.

고속도로는 대부분 새로 만든 것이라 상태가 좋다. 표지판도 잘 되어 있고 노면도 깨끗하다. 운전 경험상 제한 최고속도는 왕복 6차선 이상은 120킬로미터, 왕복 4차선 이하는 100 킬로미터다. 도로의 직선 정도나 경사도에 따라 제한최고속도가 다르다. 그런데 의외로 과속하는 차가 별로 없다. 왜냐하면 곳곳에 과속 단속 카메라가 있기 때문이다. 카메라 대수가 우리나라보다 최소한 3~4배는 많은 것 같다. 중국의 과속 과태료는 비싸다. 초과한 속도에 따라 우리 돈으로 4만 원부터 40만 원까지다. 예를 들어 100킬로미터 규정 속도 도로에서 10~50킬로미터를 과속하면 과태료가 4만 원이다. 100킬로미터 제한속도 도로에서는 110킬로미터만 넘지 않으면 된다. 카

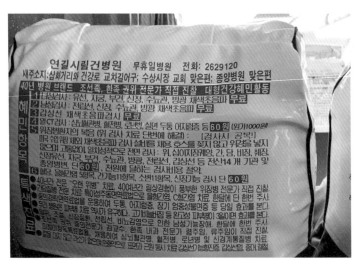

엔지에서 본 고속버스 좌석에 붙은 병원 광고. 조선족의 한글 표현이 흥미롭다

메라를 미처 보지 못했다고 급정거하면 오히려 2차 사고의 위험이 발생할 수도 있다. 과태료를 내지 않으려고 급브레이크를 밟는 행동은 절대 하지 마시라.

고속도로를 타면 중국이 인프라에 '미친' 투자를 하긴 했구나 라는 걸 느끼게 된다. 깨끗하게 새로 지은 뻥뻥 뚫린 왕복 6차선, 8차선 도로에 우리나라와 같은 하이패스 시스템도 완비되어 있다. 중국에서는 'ETC(Electronic Tall Collection)'라고 부른다. 차로 폭도 우리나라보다 조금 넓어서 운전하기도 편하다. 중국 3.75미터, 한국 3.5미터. 땅이 넓어 갓길도 거의 100퍼센트 확보되어 있다. 여담이지만 중국에서는 갓길을 '應急車道'라고 한다. 갓길의 기능을 생각하면 응급차도가 더 맞는 것 같다. 여기서도 운전을 하는 사람들이 문제다. 우리나라도 그렇지만 추월차선에서 제한속도를 딱 맞추어 운전하는 차들이 상당히 있다. 차도 별로 없는데 이런 차들을 추월하면서 가야 하니 좀 피곤하다. 이 사람들은 아마도 발이 편하게 크루즈컨트롤을 켜 놓고 운행하는 듯하다. 어떨 때는 1차선과 2차선을 나란히 두 차량이 막고 같은 속도로 계속 운행한다. 독자들도 당해 보면 그 답답한 심정을 알 것이다. 그런데 이 정도는 애교 수준이라는 걸 인터넷 동영상을 보고 알게 됐다.

영상에서 어떤 중년 여성이 운전하는 차가 갑자기 고속도로 추월차선에서 급정거한다. 차에서 내려 트렁크 쪽으로 걸어가더니 쭈그려 앉는다. 화면이 멀어서 구체적으로 뭘 하는지 잘 보이지는 않는다. 추월차선에서 빠른 속도로 다가오던 차가 급하게 2차선으로 틀었다가 결국은 고속도로 가드레일에 부딪히면서 전복된다. 이 여성의 차는 사고가 난 차량을 그대로 방치하고 유유히 전방의 고속도로 출구를 빠져나간다. 추가 영상이 이어진다. 고속도로 경찰이 즉시 쫓아가 여성의 차를 세우고 묻는다. 왜 고속도로에서 갑자기 차를 세웠냐고. 여성이 도리어 화를 낸다. 내 차 내가 세우는 데 뭐가 잘못이냐고. 경찰이 연행하려 하자 거세게 저항한다. 중국은 14억 인구 대국이므로 특이한 사람들도 우리보다 30배는 더 많은 것 같다.

막히면 뚫는다,
베이징 지하철

2023년 말 기준으로 베이징 인구는 2,190만 명이고, 자동차 수는 760만 대에 육박한다. 1990년대 들어 경제발전이 가속화되면서 시골에서 유입된 인구도 늘어나고 마천루도 속속 들어서고 생활 수준도 높아지면서 우리나라의 마이카 붐과 같이 자동차 판매가 급속히 늘어났다. 집은 없지만 차는 보유한 사람들이 늘어나면서 감당할 수 없는 교통 정체가 시작되었다. 그러자 베이징시는 베이징을 동심원처럼 둘러싸는 도시 내부 순환 고속도로를 속속 건설하였다. 이것이 베이징의 2환, 3환, 4환, 5환, 6환 도시고속도로다. 신호등이 없으므로 막히지만 않으면 거리상 조금 돌아가도 가장 빠른 시간에 목적지에 갈 수 있다. 하지만 도로가 개통되자마자 차들이 몰리기 시작한다. 도로를 아무리 새로 만들어도 자동차 증가 속도가 너무 빠르므로 정체를 풀기에는 턱이 없다.

특히 베이징은 자금성, 천단, 이화원 같은 국보급 문화유적이 시내에 떡 버티고 있으므로 지상에 도로를 더 개설할 수 없는 태생적 한계가 있었다. 그렇다면 방법은? 자동차 증가를 억제하거나 지하 교통수단을 만들 수밖에 없다. 그래서 2011년부터 매년 24만 대만 추첨을 통해 당첨된 사람만 자동차 등록을 받는 제도를 시작하였다. 2014년부터는 이마저도 연 15만 대로 더 줄였다. 15만 대 중 6만 대의 전기차는 따로 추첨한다. 경쟁률이 조금 낮은 전기차를 기준으로 하면 2019년에 신청한 사람이 43만 명이므로 마지막에 당첨되는 운이 없는 사람은 2027년까지 기다려야 한다.

주택문제와 비교하면, 우리나라에서도 정부의 부동산 정책 방향과 관련해서 항상 논란이 있었다. 결론은 수요를 줄이고 공급을 늘리는 것이 해결책이다. 수요를 줄이는 것은 은행의 주택담보 대출을 조이는 것이고 공급을 늘리는 것은 아파트를 더 많이 짓는 것이다. 베이징의 교통 문제도 수급 양 측면으로 칼을 댔다. 자동차 쿼터제로 수요를 눌렀다. 그리고 공급을 늘렸다. 자가용 없이 출퇴근할 수 있도록 지하철을 대

베이징 지하철 플랫폼　　　　　　　모든 역에 설치된 스크린도어

거 만들었다. 지상의 도로는 유한하지만 지하 터널은 어디나
팔 수 있다. 마침 2008년에 베이징 올림픽이 개최되어 어차피
도시교통 인프라 확대가 필요했다. 베이징시는 2000년대 중
반부터 엄청난 속도로 지하철을 건설하기 시작했다.

　그 결과 2025년 초 기준으로 지상철과 지하철을 모두 포
함한 베이징의 도시 궤도교통 노선은 29개, 영업 거리는 880
킬로미터, 역수는 522개, 이 중 환승역은 99개다. 전국 도
시 중 1위다. 현재 계획 중인 노선이 완공되면 최종적으로 30
개 노선, 1,177킬로미터에 이르게 된다. 하루 평균 승객 수
는 1,110만 명이며 2019년 7월 12일에는 역사상 가장 많은
1,375만 명이 지하철을 탔다. 이 기록은 아직도 깨지지 않고
있는데 노선이 더 늘어나면 깨지는 것은 시간 문제다.

　인구 1천만 명에 못 미치는 서울 지하철과 평면적으로 비

교하기는 그렇지만 서울이 9개 노선, 영업 거리 342킬로미터, 역수 320개, 하루 평균 승객 수 727만 명(2016년)에 비해 베이징이 많기는 하다. 주목할 만한 것은 영업 거리에 비해 우리나라는 역 수가 많다는 점이다. 1킬로미터에 역이 하나 있는 셈이다. 역 간격이 촘촘하다는 얘기다. 확실히 베이징에서 지하철을 타보면 역 간격이 길다. 우리나라에서는 평균 역간 이동시간이 2분 정도라면 베이징은 3분 정도이다. 그래서 정차 시간을 포함한 표정 속도가 빠르고 장거리 이동 시 우리나라보다 더 유리하다. 여기에는 베이징의 면적이 워낙 넓은 점과 시내에서 교외로 나가는 노선이 상대적으로 많다는 점도 고려되어야 할 것이다.

눈 깜짝할 새 탄생하는 고속철도

고속철도 그렇지만 중국이 놀라운 점은 전철의 건설 속도다. 베이징의 경우 매년 50킬로미터 이상씩 만들어 16년 만에 800킬로미터를 건설했다. 중앙정부와 시정부의 강력한 의지와 막대한 경제적 투자가 없으면 불가능한 일이다. 대형 토목공사가 가져오는 일자리 창출 효과와 과잉 건설자재 소진 효과로 인한 관련 산업 성장도 한몫했을 것이다. 지금까지 경제가 조금 침체하면 인프라 건설에 몇백조 원씩 퍼붓는 것이 개혁개방 이후 중국 스타일이었다.

워낙 속도전이다 보니 이례적인 일도 있다. 보통 새로 만든 지하철은 매해 마지막 날인 12월 31일에 가까워서야 개통하는 것이 관례가 되었다. 정부가 약속대로 연내 완공 계획을 지켰다는 실적주의를 과시한다. 하지만 개통 소식을 알리는 뉴스에 거의 항상 단서가 붙는다. 어떤 역은 오픈하지 않고, 어떤 노선과는 아직 환승이 되지 않는다는 것이다. 선로는 다 깔려서 기차는 땅 아래로 다니고 있는데 역사 공사가 끝나지 않아서 역을 이용할 수가 없는 것이다. 물론 역사 주변에 건설 프로젝트가 있어서 완공 때까지 기다려 동시 완공하는 불가피한 상황도 있다. 그런데 정도가 심해 멀쩡하게 역을 만들어 놓고도 5~6년 이상 역을 열지 않는 사례도 있다.

그렇다면 지하철 품질은 어떤가? 객관적으로 볼 때 이제는 선진국 수준이다. 2011년 유학생일 때 등교 시 지하철을 많이 이용했는데 그때와 비교하면 상전벽해다. 최근에 개통한 지하철은 역사 내부도 예술적으로 꾸미고 차량도 새 차량이고 환승 동선도 효율적이다. 더불어 이용하는 사람들의 질서의식도 향상되어 플랫폼이나 열차 내부가 쓰레기 하나 없이 깨끗하다. 워낙 노선을 많이 깔아 놓아 승객이 분산되어 출퇴근 시간 때도 빈자리가 있는 경우가 종종 있다. 많이 널널해졌다. 물론 코로나19 때는 사회적 거리두기의 영향도 있었고 내가 사는 왕징이 외곽 쪽이라 그럴 수도 있지만 확실히 전체적으로

베이징 지하철 노선도 　　　　　　　주말의 13호선 객차

이용하기가 쾌적해졌다.

　10년 전만 해도 전철 안으로 들어서면 특유의 악취가 풍겼다. 땀 냄새와 찌든 옷 냄새가 섞인 듯한 냄새다. 건설노동자도, 시장 상인들도 이용하니 어느 정도의 냄새는 그리 탓할 것은 못 된다. 하지만 이제 악취란 거의 없다. 또 한 가지 달라진 것은 큰소리로 통화를 하거나 일행끼리 시끄럽게 얘기하는 사람들도 대폭 줄었다는 점이다. 승객들은 백이면 백 모두 자신의 스마트폰만 보고 있다. 나는 종종 스마트폰을 열심히 보고 있는 중국인들을 물끄러미 관찰하곤 하는데, 옷 입은 행색이나 생긴 얼굴 모습을 보면 한국이나 일본 지하철을 탄 듯한 느낌도 든다. 이제는 베이징, 상하이 같은 대도시만 놓고 보면 한중일의 수준이 비슷해진 듯하다.

　당연히 단점도 있다. 첫 번째는 매번 보안 검색을 통과해야 한다는 점이다. 검색대 옆에 그림과 함께 휴대 금지 물품을 알리는 안내판이 보인다. 폭발물, 휘발유, 알코올, 큰 칼 등은 지참하면 안 된다. 다행히 비행기나 박물관에서는 절대 안 되는 담배 라이터는 통과 가능하다. 중국 술인 바이주도 된다. 알코올 도수가 높지 않은 식용 알코올이라 그런 모양이다. 전철역은 아니지만 옌칭 기차역에서는 생수도 스캔을 당한 적 있다. 생수를 꺼내 주니 이상한 기계에 갖다 대 보고 돌려 준다. 무슨 기계냐고 물어보니 액체의 밀도 차이를 측정해서 위험한 액체 폭탄인지 안전한 생수인지 알아낸다고 한다. 보안 검색 설비 계통은 필요에 의해서 확실히 중국이 선진국이 된 것 같다.

우리나라에 없는 것도 있다. 모든 전철역의 플랫폼에 '방폭구'라고 해서 폭발물을 발견했을 때 여기에 폭발물을 집어넣고 뚜껑을 닫으면 폭발력을 최소화하는 직경 1미터 정도의 거대한 철제 구형 장치가 있다. 흡사 가마솥 두 개를 위아래로 붙여 놓은 모양이다. 앞에서도 말했듯이 중국 정부는 정치적 테러에 매우 민감하다. 물리적으로 할 수 있는 예방 조치는 다하고 갖출 수 있는 시설과 장치는 다 갖춘 듯하다. 이런 노력이 통했는지 최근 몇 년간을 돌이켜봐도 무차별 다수를 대상으로 하는 칼부림이나 폭발 등 대형 사고는 없었다.

두 번째 단점은 상세 열차 시각표가 없다는 점이다. 내가 자주 이용하는 14호선을 예를 들면, 주말과 평일 평상시간대에는 6분에 1대씩, 출퇴근 시간대에는 3분에 1대씩 운행한다고만 안내한다. 6:01, 6:04, 6:07 이런 식으로 분 단위의 시각표를 찾을 수 없다. 우리나라야 검색을 하거나 플랫폼 곳곳에 붙인 안내판을 보면 되지만 베이징에서는 경험과 감에 의존할 수밖에 없다. 퇴근 시간의 경우 대략 5시 50분 정도부터 3분 간격으로 촘촘해지는 것 같은데, 시발역이 어디인가에 따라 다르다. 내가 타는 역이 시발역에서 멀면 시발역에서는 5시부터 출발하는 3분 간격 열차가 내가 타는 역에서는 6시에 도착할 수도 있는 것이다. 인터넷에 검색해 봐도 찾을 수가 없다. 첫차와 막차 시간만 나온다. 이런 점은 디테일이 부족한 것인지, 역시 테러 방지 목적인지 지금도 이유를 알 수 없다.

올림픽을 개최하면
경제가 발전할까?

연번	연도	대회명	개최지	참가국수
1	1990	하계 아시안 게임	베이징	37
2	1996	동계 아시안 게임	하얼빈	17
3	2001	하계 유니버시아드	베이징	165
4	2007	동계 아시안 게임	창춘	45
5	2008	하계 올림픽	베이징	204
6	2009	동계 유니버시아드	하얼빈	44
7	2010	하계 아시안 게임	광저우	45
8	2011	하계 유니버시아드	선전	152
9	2011	세계수영선수권대회	상하이	180
10	2015	세계육상선수권대회	베이징	207
11	2022	동계 올림픽	베이징	91
12	2023	하계 유니버시아드	청두	113
13	2023	하계 아시안 게임	항저우	45
14	2025	동계 아시안 게임	하얼빈	34

출처: 바이두바이커

2019년 우리나라 광주에서 세계수영선수권대회가 열렸다. 당시 조직위원장이었던 이용섭 광주시장은 우리나라가 하계 올림픽, 동계 올림픽, 월드컵, 세계육상선수권대회, 세계수영 선수권대회 등 세계 5대 메가스포츠 이벤트를 모두 개최한 네 번째 국가가 되었다고 자랑했다. 나머지 세 나라는 독일, 일본, 이탈리아다. 중국은 어떨까? 아시안게임이나 유니버시아드 대회는 여러 번 했으니 월드컵만 개최하면 더 이상 열 대회가 없을 것이다.

2011년에 상하이에서 세계수영선수권대회가 열렸을 때 나는 중국에 있었다. 대회에 참가한 우리나라 박태환 선수가 당시 절정의 기량을 과시하고 있었다. 2008년 베이징 올림픽 자유형 400미터에서 한국 수영 역사상 최초로 금메달을 따고 2010년 광저우 아시안게임에서 100미터, 200미터, 400미터까지 3개의 금메달을 땄다. 당시 나는 공교롭게도 쓰촨성의 시골 지역을 여행 중이었다. 같이 여행을 갔던 일행들이 모두 박태환 선수의 경기 생중계를 보고 싶어 했는데 우리가 있었던 지역이 너무 외진 곳이라 호텔에 TV가 없었다. 주인에게 물어보니 TV를 보려면 읍내 식당에 가 보라는 것이다. 다음 날 경기 시간에 맞추어 여행 일정을 조정해서 읍내 식당에 가서 열렬히 응원했던 기억이 난다. 박태환은 우리의 기대를 저버리지 않고 자유형 400미터에서 우승했다.

2022년 베이징 동계올림픽 때는 베이징이 동계와 하계 올림픽을 모두 개최하는 최초의 도시라고 자랑하는 것을 중국 TV에서 천 번도 더 들었다. 대회 준비를 위해 자본도 엄청나게 투입했다. 경기장, 선수촌, 교통 인프라 건설 등을 모두 더하면 40조 원을 투입했다. 선수촌 아파트나 철도, 도로야 어차피 나중에도 활용할 인프라니 그렇다 치더라도 동계 스포츠가 활성화되지 않은 중국의 경우 비인기종목 경기장 활용 방안이 골치 아프다. 우리나라도 평창올림픽 유치와 개최 과정에서 겨우 2주의 대회를 위한 거액의 돈 잔치라는 비판을 많이 들었다.

냉정한 현실을 보면 스포츠 메가이벤트에 들어가는 비용은 경기 입장권 판매나 굿즈 판매로 회수하는 게 거의 불가능하다. 개최국은 대회 자체만 놓고 보면 무조건 적자다. 돈 버는 것은 IOC나 FIFA 같은 주관 협회라는 것은 주지의 사실이다. 이들은 별도계약으로 수조 원이 넘는 중계권료를 챙긴다. 이들은 개최지만 선정해 놓고 매뉴얼 던져 주면서 이렇게 저렇게 준비하라고 지시하고 나중에 이행 확인만 하면 된다. 그러면 개최국이 얻는 이익은 무엇인가?

대회를 열면 선수단, 임원진 외에 다수의 해외 관중이 온다. 전 세계 미디어에 자국의 긍정적인 이미지가 홍보되고 관광 매력도 알릴 수 있는 절호의 기회다. 올림픽은 주최자가 한

세계적인 관광지인 베이징 근교 만리장성

도시이지만 월드컵은 주최자가 한 국가의 여러 도시다. 월드컵 경기가 열리는 10여 개 도시는 전 세계 사람들에게 각인된다. 2018년 러시아 월드컵 당시 러시아는 개최 도시에 칼리닌그라드를 포함했다. 칼리닌그라드는 폴란드와 리투아니아에 끼어 있는 러시아의 분리된 영토다. 임마누엘 칸트가 자라서 죽을 때까지 살았던 독일 민족의 발상지다. 하지만 2차 대전 이후 러시아가 전리품 격으로 차지하게 되었고 이름도 쾨니히스부르크에서 공산당 지도자 칼린의 이름을 따서 칼리닌그라드로 바꿔버렸다. 소련은 이 땅의 독일인을 내쫓고 러시아인을 대거 이주시켰다. 아마 러시아 월드컵을 통해 칼리닌그라드를 처음 알게 된 사람도 많을 것이다. 이런 국가적 홍보 효과가 크다. 이런 효과는 돈으로 계산하기 어렵다.

간접적이고 부수적인 효과가 있긴 해도 중국은 지나치게 많은 대회를 유치하는 것으로 보인다. 첨부한 표를 보면 2007년 이후 거의 매년 큰 대회를 개최하였다. 왜 했을까? 첫째로 대회 개최를 계기로 경제 성장에 도움을 얻고자 하는 면이 있다. 경기장, 선수촌, 호텔, 철도, 도로, 역, 공항, 항만 건설 등에서 중앙정부의 평상시와는 다른 차별적인 지원이 있다. 중국 경제 전체 측면에서도 과잉 생산되는 철강, 시멘트, 콘크리트 등을 소화해주는 대형 토목공사가 나쁘지 않다. 일자리 창출에도 도움이 된다. 고속철도 역이나 경기장을 시 외곽에 건설하면 자연스럽게 신도시 건설의 기반이 된다. 두 번째로 앞에서 말한 국제 사회에서의 위신 제고와 국가 이미지 상승, 자국 관광 매력 홍보의 수단이 된다.

우리나라도 86아시안게임과 88올림픽을 계기로 중진국 도약의 발판을 마련했다고 한다. 더불어 전두환 정권에서 국민들을 통제하는 수단으로도 사용되었다. 당시 정부는 '올림픽을 곧 해야 하는데 데모가 웬말이냐? 전 세계에 한국은 안정적이고 우수한 나라라는 인상을 보여 줘야 한다'라는 태도를 보였다. 중국도 1인당 GDP가 12,000달러를 넘어서 앞으로 2만 달러, 3만 달러 국가로 가기 위해 대형 스포츠 이벤트를 활용하는 듯하다. 하지만 지방정부의 재정 부담이 심화되고 기초적인 스포츠와 교통 인프라가 갖춰지면 무리해서 대회를 유치하는 일을 자제할 수도 있다.

다만 한 번도 개최하지 못한 월드컵은 언젠간 개최할 것으로 보인다. 중국의 축구 팬들도 월드컵 개최에 관심이 많다. 2026 캐나다-미국-멕시코에 이어 2030 스페인-포르투갈-모로코 2034 사우디 대회는 이미 확정되었다. 대륙별 안배 원칙에 따라 연이어 아시아에서 개최하기는 어려우므로 중국은 2040년 이후 대회 개최에 도전할 것으로 관측된다. 인프라는 이미 거의 갖췄다. 2023년에 개최 예정이었던 아시안컵 개최를 위해 전국 10개 도시에 축구 전용 경기장 내지는 그에 준하는 경기장을 완공했다. 여담이지만 중국은 아시안컵을 봉쇄식(무관중)으로 운영하겠다고 주장했지만 AFC가 모두 개방하라고 해 의견이 결렬되어 결국 대회를 반납했다. 이 대회는 한국과의 유치 경쟁 끝에 2024년 초 카타르에서 개최되었다. 클린스만 감독이 이끄는 한국 대표팀은 준결승에서 요르단에게 패해 4강에서 멈추었고 클린스만은 얼마 안 가 경질되었다. 만약 중국에서 그대로 개최되었다면 한국 선수들에게는 중동에서 뛰는 것보다는 유리했을 것이다. 중국에는 교민도 많다. 중국 월드컵이 실현된다면 우리나라 선수들은 지리적으로 가깝고 기후가 비슷하고 현지 적응이 편해 경기력 유지에 도움이 될 것이다. 중국도 개최국으로서 본선 16강에 오르지 못하는 불명예를 당하지 않으려면 경기장 건설 같은 하드웨어뿐만 아니라 축구 국가대표팀의 경기력 향상에도 매진하길 바란다. 한중일이 모두 16강에 올라 유럽과 남미에 뒤지지 않는 아시아 축구의 질적 발전을 자랑하는 대회가 되길 희망한다.

벨기에를 달리는
중국 전기 자동차

산시성 시안에서 열리는 지역개발 관련 국제 세미나에 참석한 적이 있다. 이번에도 중국 스타일로 지방정부가 준비한 산업 현장 시찰이 있었다. 시 외곽에 있는 지리(吉利)자동차 공장 견학을 했다. 지리자동차는 1997년에 창립한 회사로 본사는 저장성 항저우에 있고 저장성 타이저우와 쓰촨성 청두, 시안, 벨로루시 등에 국내외 공장이 있다. 2024년 333만 대를 판매하여 세계 자동차 메이커 중 10위를 차지했다. 독일의 벤츠와 BMW를 제쳤다. 2010년에는 스웨덴의 볼보 자동차를 인수하여 세계를 놀라게 한 바 있다.

당나라 수도 장안 당시 건설된 시안 성벽

　시안 시내에서 약 30분을 달려 도착한 공장은 드넓은 부지
에 여러 개의 공장 건물이 산재해 있고 차체 제작 공장, 도장
공장, 조립 공장, 사무동 등으로 나뉘어 있었다. 조립 공장 생
산라인으로 들어갔다. 지리자동차의 주력 판매 차종인 SUV
싱웨(星越) L의 조립이 한창이었다. 이 차는 언뜻 보면 한국의
쏘렌토와 외관이 유사하다. 차 길이와 차폭, 디자인 등이 닮
았다. 현재는 전기와 내연기관 하이브리드 차가 많이 생산되
고 점점 순 전기차 생산이 많아지는 추세라고 한다. 가격은 옵
션에 따라 16~24만 위안으로 한화 3,200~4,800만 원 정도

라고 하니 유사한 등급의 한국 차에 비해 가격이 저렴한 것 같다.

생산라인은 매우 청결했고 정리가 잘된 깨끗한 모습이었다. 그런데 라인을 자세히 들여다보니 사람이 거의 없다. 부품 장착, 용접 등을 거의 모두 로봇이 하고 있다. 로봇은 스위스 ABB 제품이고, 용접기는 독일의 보쉬(Bosch) 제품이다. 설비 가격이 얼마인지 안내하는 직원에게 물어보니 로봇보다 용접기의 가격이 훨씬 비싸다고 한다. 로봇보다는 용접기의 기술 수준 및 부가가치가 높은 듯하다. 중국이 요즘 로봇 산업을 적극 밀고 있는데 중국산 로봇은 왜 없냐고 묻자, 조립용 로봇은 없고 자재와 부품을 운반하는 물류 로봇은 중국산을 사용한다고 한다. 중국의 기술 수준이 안되는 건지 채산성이 낮은 건지 판단하기 어려웠다. 개인적인 추측으로는 볼보를 인수한 후 볼보 공장에서 안정적으로 사용이 검증된 로봇과 용접기를 중국 공장에서도 벤치마킹하는 것이 아닌가 하는 생각이다.

자동차 생산라인의 끄트머리로 가니 직원이 보였다. 최종 출고 직전의 차 겉면을 깨끗하게 닦고 검사 합격지를 붙이는 작업 등을 하고 있었다. 이런 건 로봇이 하는 것보다 사람이 하는 게 더 적합한 것 같다. 쏘렌토 닮은 차들이 거의 30초에 한 대씩 생산되어 줄지어 나오고 있었다. 안내 직원의 말에 의하면 주문만 많으면 최대 하루 20시간까지 작업도 가능하다고 한다.

밖으로 나와 시승을 했다. 시승차는 하이브리드가 아닌 순전기차였는데 내관과 외관 모두 손색이 없었다. 이 정도 차가 3,000만 원대라면 가성비가 갑이다. 우리나라 메이커도 긴장해야 한다. 한국의 메이커는 국내시장에서 사실상 독점의 지위를 누리면서 페이스리프트라는 구실로 디자인만 조금 바꾸어 매년 가격을 올리고 있지 않은가? 최근 쏘렌토도 가격을 인상해서 아무런 추가 옵션이 소위 깡통 모델이 3,500만 원에서 시작한다. 옵션을 몇 가지 추가하면 4,000만 원을 훌쩍 넘는다. 시안에 와 말로만 듣던 중국산 자동차의 약진을 현장 체감할 수 있었다.

2024년 2월 2일자 인민일보에 보도된 기사에 의하면 2023년에 사상 처음으로 중국이 자동차 수출 세계 1위를 차지했다고 한다. 중국이 전년 대비 58퍼센트 증가한 491만 대, 일본이 442만 대를 수출했다. 2017년에 일본이 독일을 제치고 수출 1위를 차지해서 계속 유지하고 있었는데 이번에 처음으로 1위에 오른 것이다.

특히 전기차의 해외 진출은 놀랍다. 중국 국내를 제외하고 해외에서 중국 전기차를 가장 많이 사는 나라는 어디일까? 벨기에다. 2023년 중국의 총 수출 대수 491만 대 중 전기차가 전년 대비 78퍼센트 증가한 120만 대를 차지하였다. 이 중 유럽으로 수출한 전기차가 38퍼센트다. 벨기에, 영국, 슬로베니아, 프랑스 등에 수출했다. 유럽에서는 2035년부터 내연기관 자동차의 판매가 금지된다. 최근 몇 년간 전기차 판매가 급속히 늘고 있는데, 이 중 상당 부분을 메이드 인 차이나가 차지하고 있다. 수출만 하는 것이 아니다. 세계 배터리 1위 업체인 CATL은 2023년 초 독일 퇴링겐에서 자동차용 배터리 공장 가동을 시작했다. 여기서 생산된 배터리는 BMW, 보쉬, 메르세데스-벤츠 등 세계적 메이커에 공급된다.

중국 국내적으로도 이제는 전기차가 대세로 자리 잡고 있다. 2023년 중국의 자동차 판매량은 3,009만 대를 기록, 전년 대비 12퍼센트 증가했다. 역사상 최대 규모다. 산업의 규모 자체가 이렇게 크면서 연간 성장률이 10퍼센트를 넘는다는 것은 쉽지 않은 일이다. 중요한 것은 전기차 판매량이 950만 대다. 점유율이 32퍼센트에 달한다. 판매되는 차의 3대 중 1대는 전기차라는 말이다. 9년 연속 세계 1위다. 중국의 약진을 상징적으로 보여주는 것이, 2023년 4분기에 전기차 생산 대수에서 BYD가 처음으로 테슬라를 앞질렀다.

길거리를 둘러보면 녹색 번호판의 전기차가 눈에 많이 띈다. 특히 새 차들은 거의 전기차인 것 같다. 특히 베이징의 택시가 급속도로 전기차로 바뀌고 있다. 2008년 베이징 올림픽 때 도시 이미지 일신을 위해 시내의 택시가 싹 바뀌었다. 한국 현대의 엘란트라가 대량으로 공급되었다. 한국인으로서 뿌듯한 일이었다. 이제는 중국산 전기차로 대체되는 중이다. 베이징시 정부에 의하면 2025년까지 베이징의 모든 택시가 전기차로 바뀐다고 한다. 내년부터는 베이징 거리에서 엘란트라 택시를 볼 수 없을 것이다.

중국의 자동차 1위 메이커는 어디일까? BYD다. Build Your Dream의 약자다. 중국어로는 比亞迪('비야디'라고 발음)다. BYD는 현재 전기차만 만든다. 내연기관차도 같이 만들었는데 생산을 중단했다. 사람들이 잘 모르는 사실이 BYD는 완성차 제조업체이면서 2023년 상반기 시장 점유율 11퍼센트를 차지한 세계 3위의 배터리 생산업체다. 이차전지 세계 시장에서 중국의 CATL이 33퍼센트로 1위, 한국의 LG에너지솔루션이 16퍼센트로 2위다. 이어 4위는 SK, 5위는 삼성 SDI다. 쉽게 말하면 자기 회사에서 만든 배터리를 자기가 만드는 차에 장착하니 단가가 저렴할 수밖에 없다. 세계적인 자동차 회사 중에서 자체 배터리를 이 정도 규모로 생산하는 곳은 없다. 전기차 가격이 100원이라면 배터리 가격이 40원이라고 한다. 그만큼 배터리의 비중이 높고 따라서 원활한 수급이 중요하다.

2024년 중국 내에서 1위 업체 BYD는 430만 대를 판매했다. 2위는 상치-폭스바겐으로 400만 대, 3위는 이치-폭스바겐으로 320만 대, 조금 건너뛰어 8위는 광치-토요타로 80만 대순이다. 회사 이름에서 알 수 있듯 중국-외국 합작 회사가 여럿이다. 중국은 개혁개방 이후 자국 자동차 산업 육성과 기술 이전, 일자리 창출 등을 위해 외국 자동차 업체가 중국에 들어올 때 국내 자동차 회사와 합작을 하도록 강제했다. 순수 외국 자동차 수입도 극도로 제한했다. 하지만 이제는 그럴 필요가 없어 보인다. 중국 순수 자동차 회사가 이미 1위를 차지하고 있다. 더구나 시장의 대세인 전기차의 가성비는 중국이 앞서고 있다. 유럽에도 수출하고 있으니 말이다.

2023년 중국에서 가장 많이 팔린 세단 차종은 무엇일까? 1위가 테슬라의 모델Y 45만 대, 2위 BYD의 친(秦) 플러스 43만 대, 3위 BYD의 쏭(宋) 플러스 39만 대, 4위 동펑-닛산의 쉬엔이 37만 대, 5위 샹치-폭스바겐의 랑이 34만 대, 6위 BYD의 위안(元) 플러스 31만 대순이다. 이 6위가 최근 한국에서 판매를 시작한 ATTO3 모델이다. 상위 6개 차종 중 BYD가 절반을 차지하고 있다. 테슬라는 모델이 몇 개 없지만 BYD는 소중대형 수십 개의 라인업을 갖추고 있다. 이런 사실을 고려하면 BYD 차가 사실상 1위로 봐도 무방할 것이다.

앞으로는 우리나라에서도 도로를 달리는 중국 차를 흔하게 보게 될 것이다. 사실은 자가용을 제외한 상용차 부분에서 중국 차는 우리나라에 이미 많이 들어 와 있다. 전기 버스는 우리나라 시장을 상당 부분 차지하고 있다. 흔히 볼 수 있는

Yutong(위통, 宇通), Haige(하이거, 海格) 버스 등이 모두 중국 브랜드다. 중국 전기 버스도 기술력과 가성비가 뛰어나 전 세계에 수출하고 있다. 2020년에 카타르가 월드컵 개최를 앞두고 위통에서 1,500대의 버스를 수입하였다. 이 중 888대가 순 전기버스다. 위통은 전 세계 40개 국가에 9만 대의 자동차를 누적 수출하였다고 한다. 전기버스의 연간 생산능력이 17만 대에 이른다고 한다. 버스는 승용차에 비해 수요가 적고 단가는 높고 제작 공정이 복잡한 것을 감안하면 17만 대의 생산능력은 적지 않은 수준이다.

한국 자동차 시장은 사실상 현대-기아차가 독점하고 있다. 이에 비해 가성비를 추구하는 소비자들의 눈높이는 계속 높아지고 있다. 이제는 한국에서도 애국주의 마케팅이 쉽지 않을 것이고, 합리적인 가격과 A/S망이 갖춰진 해외 자동차, 특히 중국 자동차와의 경쟁이 날로 치열해질 것이다. 우리나라 자동차 회사들은 국내 자동차 산업을 지키면서도 소비자의 요구를 만족시키는 방법을 심각하게 고민해야 할 것 같다.

좌충우돌
중국 생활 적응기

3

중국에서 당황하지 않고 사는 법

응답하라 1997,
티베트로 가는 험난한 길

1996년에 한국에서 대학교 3학년을 마치고 중국으로 1년 짜리 어학연수를 했다. 베이징 이공대학과 산동대학에서 각각 6개월간 지냈는데 내 스스로 열심히 하기도 했고 외국어는 현지에서 배우는 것이 역시 습득이 빨랐다. 당시 기준으로 필기 시험에서 가장 높은 등급인 HSK(중국어 능력 시험) 8급도 획득했다. 1년간의 어학연수도 마치고 한국으로 들어가기 전 방학 기간이라 시간도 많았다. 만 스물다섯 살의 혈기 왕성한 시절이니 여행 비용만 있으면 어디를 못 가리? 그렇게 1997년 여름 티베트 여행에 나섰다.

당시 중국은 지금과 비교하면 그야말로 '호랑이 담배 피우던 시절'이었다. 한여름 대낮에 길거리에 나가면 아저씨들 태반이 웃통을 벗고 다녔다. 대부분 가정에 에어컨이 없어 밤에 너무 더우니 길가에 평상을 내놓고 일가족이 자는 모습을 보는 일도 흔했다. 아침에 보면 수십 명의 사람들이 줄지은 평상 위에서 빨래 널어놓은 듯이 자는 모습도 보았다. 물가도 저렴했다. 학교 식당에서 쌀밥 한 공기와 채소 볶음, 고기 볶음 하나씩 해서 배부르게 먹어도 2~3위안이면 해결되었다. 당시 원-위안 환율이 100:1 정도였으니 우리 돈 1만 원이면 중국 돈 100위안인 것이다. 내가 살던 기숙사의 경비원 월급이 300~400위안이었다. 한국 유학생 중에 어떤 이가 농담 반 진담 반으로 '이번 달은 100위안으로 생활하겠다'라고 선언해서 사람들이 불가능하지는 않겠지만 살은 좀 빠지겠구나 하고 믿을 정도로 100위안은 큰돈이었다.

어딜 가나 대학생들은 맥주를 좋아한다. 한국 학생들끼리 마트에서 병맥주를 사서 자주 먹었는데 640밀리리터 큰 병이 1.0~1.2위안 수준이었다. 열댓 병 사봐야 우리 돈으로 2천 원도 되지 않으니 한 번 살 때 여러 병을 샀다. 비닐봉지도 흔하지 않던 시절이라 상점 주인이 빨간 비닐 노끈 같은 것으로 4~5병씩 주둥이를 묶어주면 양손에 들고 왔다. 요즘 같으면 맥줏값보다 배달비가 더 들 것이다.

당시 교통수단은 베이징의 경우 대부분 자전거를 타고 다녔다. 출퇴근 때 보면 말 그대로 인산인해의 자전거 바다였다. 버스는 우리와 같은 일반적인 버스 외에 지붕 위에 전기선이 있어 전력을 공급하지만, 바닥에 기차처럼 고정 궤도가 없이 일반도로를 달리는 트램 버스가 많았다. 전기선이 얽히거나 끊어져 고장이 나서 서 있는 트램을 종종 보았다. 하지만 워낙 요금이 싸니 항상 만차였다. 하차하려면 미리 한 사람씩 위치를 바꾸면서 조금씩 전진해야 출입문까지 갈 수 있었다. 외국인의 시각에서 볼 때 중국 사람들은 돈이 별로 없으니 비싼 택시는 급할 때나 타는 교통수단이었다. 대부분 택시는 세단과 같은 승용차 모양이 아니라 다마스와 봉고 중간 크기의 노란 승합차 모양의 택시였다. 기본요금이 5위안이고 주행 요금도 매우 저렴한 수준이었다. 노란색에 직육면체라 식빵과 닮았다고 중국인들은 '빵차(面包車)'라고 불렀다. 베이징 시내가 꽤 넓은데 웬만한 거리는 10위안 안에서 해결된다. 외국 유학생들은 버스에서 몸싸움을 이겨낼 자신이 없어 택시를 자주 이용했던 기억이 난다.

다시 티베트 여행 이야기로 돌아가면, 칭하이성 골무드에서 티베트 성도 라사로 들어가는 침대 버스표를 사는 게 급선무였다. 당시에 라사로 들어가는 기차는 없었다. 2004년에야 칭하이와 티베트를 연결하는 칭장철도가 개통했다. 버스 아니면 비행기로 가는 수밖에 없었다. 고생을 감수하고 다니는 배낭여행이고 여행 경비도 충분하지 않으니 비행기 타는 것은 처음부터 고려하지도 않았다. 어쨌든 골무드 버스터미널을 찾아갔는데 실망스럽게도 '이중가격제'를 시행하고 있었다. 외국인용 가격과 내국인용 가격이 따로 있고 외국인 가격이 2배 이상 비싸다. 이미 1995년에 중국 정부에서 박물관, 관광지, 항공, 철도 등에서 운영하던 이중가격제를 폐지하였다. 그런데 중국은 땅이 넓어 제도 시행 속도가 느린지 몰라도 여기서는 여전히 시행하고 있었다. 어쨌든 기억으로는 라사까지 가는 편도 침대 버스표가 중국인은 200위안, 외국인은 400위안 정도였다. 친구까지 두 장이면 무려 400위안을 더 뜯기는(?) 상황이다. 400위안이면 중국인 경비원 한 달 월급이다. 외국인 게스트하우스 2인 4박 숙박비를 아낄 수 있다.

우리는 현지인 표를 사기 위해 작전을 짰다. 전날부터 현

해발 5231미터의 탕구라 산 입구

라사의 포탈라 궁

지인 행색이 되기 위한 노력에 돌입했다. 하루 종일 세수를 안 해서 얼굴을 검게 만들고 머리도 안 감아서 일부러 새집 머리를 만들었다. 문제는 여행 배낭이었는데 골무드에서 라사로 들어가는 외국인 관광객이 거의 없으므로 우리가 들고 다닌 등산용 배낭은 지나치게 현대적이고 눈에 띄었다. 당시 현지인들은 포대 자루나 봇짐 같은 것에 물건을 넣거나 싸서 들고 다녔다. 그래서 상점에 가서 마대를 두 개 사서 그 안에 배낭을 집어넣었다. 입고 있던 점퍼도 최대한 더럽게 먼지를 묻혔다. 드디어 매표소에서 다른 말은 하지 않고 명쾌하게 '라사 량짱(두 장)'을 외쳤다. 매표소 직원이 요금이 얼마라고 대답하는데 들어보니 중국인 요금이었다. 흥분한 마음을 가라앉히면서 돈을 내고 표를 받았다. 그날 기분이 너무 좋아 저녁에 삼겹살과 피망 볶음 등 요리를 여러 개 시켜 먹으면서 오랜만에 호사를 누렸다.

　버스표는 싸게 사서 좋았다. 하지만 막상 타보니 고행의 연속이었다. 경험한 적 없는 26시간의 대장정이다. 버스는 당시 기준 최신식 침대차로 3열씩 2층으로 침대가 놓여 있었다. 문제는 앞사람의 머리 쪽에 뒷사람의 발이 놓인다는 것이다. 침대 사이에 가림막이 없어 뒷사람의 발 냄새가 거의 실시간으로 앞사람에게 전해져 온다. 거짓말 안 보태고 처음 몇 시간은 코가 아닌 입으로만 숨을 쉬었다. 그런데 좀 지나니 악취에도 코가 적응하는 듯했다. 냄새에 무감각해질 즈음 잠을 청했다.

그런데 정말 무서운 것은 견딜 수 있는 발 냄새 따위가 아니라 견딜 수 없는 고산병이었다. 가공할 만했다. 중간쯤 왔을까? 해발 5,200미터가 넘는 탕구라 산을 넘어가며 무시무시한 두통이 엄습한다. 차를 타기 전에 고산병약도 먹었지만 소용없었다. 아차차 휴대용 산소통이 절실했다. 당시는 휴대용 산소통을 파는 곳도 거의 없었고 살 생각도 사실 없었다. 서서히 두통이 이마부터 뒤통수까지 덮친다. 마치 말썽을 부리는 손오공에게 삼장법사가 주문을 외우면 손오공 이마의 쇠 장식이 조여 오면서 데굴데굴 구르듯 그렇게 아팠다. 중간에 휴게소에 들렀을 때 최근 하루 안에 먹은 배 속에 있는 모든 물질을 토했다. 머리도 아프고 힘도 없고 하늘이 노랗고 그저 물만 마실 뿐이었다. 그렇게 열 몇 시간을 더 달렸다. 드디어 라사 버스터미널에 도착했다. 게스트하우스에 짐을 풀고 따뜻한 죽 같은 것으로 요기한 후 10시간 넘게 잠을 내리 잤던 것 같다. 정상 체력으로 돌아오는 데 2~3일은 걸렸다. 그 기간에는 구경이고 뭐고 아무것도 하지 않고 그저 소화가 잘되는 음식을 먹고 잠만 잤다. 고산병은 겪어본 사람만 안다.

신장 위구르 사람들

다음에는 신장으로 여행을 갔다. 베이징에서 우루무치로 들어가는 열차가 하루에 1편 있었다. 64시간 걸리는 기차다. 당연히 침대칸을 사려 했지만 표가 매진이다. 별수 없이 좌석표를 샀다. 젊은 혈기는 좋았지만 후회막급이었다. 일단 좌석이 불편했다. 쿠션도 별로 없고 방석 부분과 등받이 부분이 직각으로 되어 있어 허리가 아팠다. 그리고 사람이 너무 많았다. 통로가 서 있는 사람들로 꽉 차 있었는데 자기들도 다리가 불편하니 좌석 쪽으로 몸을 기댄다. 서서 가는 사람들을 매몰차게 밀어낼 수도 없는 노릇이라 그냥 조금 웅크리고 있을 수밖에 없었다.

그래도 기차 안은 풋풋한 인간미가 있었다. 방학을 맞아 귀향하는 대학생들이 많았는데 중국은 먼 도시에 유학하는 학생들이 많아 방학 때 집에 갔다가 2달 후에 돌아온다. 그래서 귀향하는 학생들에게는 열차표도 반값으로 깎아준다. 맞은편 자리에 앉은 위구르족 학생들과 금방 친해졌다. 라면도 나눠 먹고 해바라기씨도 같이 까 먹고 카드놀이도 하면서 시간을 보냈다. 그런데 중국 사람들이 쓰레기를 기차 안에 버린다. 열차 통로에 쓰레기가 쌓여서 지나다닐 수가 없을 지경에 이르면 승무원이 빗자루로 쭉 쓸어내는데 통로 끝에 가면 거짓말 조금 보태서 어른 키 반 정도 높이로 쓰레기 산이 생긴다.

더 놀라운 것은 다 먹은 맥주병도 창밖으로 그냥 던진다는 것
이다. 맥주병이 퍽퍽 깨지는 소리가 기차 창밖으로 들려온다.
이건 너무 위험하다고 생각했다.

　64시간을 누워서 잠을 못 자니 피곤하긴 피곤했다. 도착할
즈음에는 입술이 다 터졌다. 우루무치역에 내려 저가 호텔을
찾아 한 이틀은 아무것도 안 하고 휴식을 취했다. 다시는 장
거리 기차 여행할 때 좌석표는 사지 않겠다고 다짐했다. 지금
은 상전벽해가 되었다. 이제 중국 곳곳에 고속철도가 속속 깔
리면서 웬만한 곳은 몇시간 만에 도착한다. 이러니 예전처럼
밤을 새워 달리는 완행 침대 기차가 거의 없어졌다. 2,000킬

신장 남부 카라쿨 호수의 비경

로미터가 넘는 베이징-광저우 구간도 8시간에 주파한다. 침대 기차는 경험 삼아 일부러 찾아서 타야 할 지경이다. 최근에 밤 출발 아침 도착의 베이징에서 선전까지 가는 신형 2층 침대 고속철이 새로 도입되었다고 하니 기회가 되면 도전해 보려 한다.

신장까지 왔는데 서쪽으로 갈 수 있는 곳까지 가 보자고 마음먹고 신장 최서부 도시 카슈가르까지 들어갔다. 카슈가르에서 서쪽으로 더 가면 파키스탄 국경이다. 파키스탄으로 들어갈 생각은 없었지만 중국 쪽 접경지역에 중국-파키스탄 사이의 카라코람 하이웨이가 절경이고 카라쿨이라는 멋진 호수가 있다고 했다. 사실 이름만 '하이웨이'지 고속도로는 아니고 왕복 2차선 국도 수준이다. 갈 때는 정기편 버스를 타고 호수에서 내려 경치를 감상했다. 그런데 돌아가는 것이 문제였다. 1997년은 지금처럼 편하게 정보를 검색하는 스마트폰이 없을 때다. 하루에 몇 편이 있는지도 모르는 버스를 기약 없이 기다릴 수는 없어서 히치하이킹을 시도했다. 중국에서 히칭하이킹은 안전 문제 때문에 거의 하지 않는다. 사람들이 시도하지도 않고 지나가는 차도 함부로 서지 않는다.

하지만 다른 방법이 없어서 시골 인심을 기대하고 엄지손가락 치켜들고 차를 잡기를 몇 분 지나니 하늘이 도왔는지 트럭이 한 대 섰다. 얼굴과 목이 온통 햇볕에 그을려 새빨간 모

신장으로 들어가는 관문인 둔황의 사막

습의 위구르족 아저씨였는데 중국 표준어인 푸퉁화도 거의 하지 못했다. 갈 수 있는 데까지만 태워달라고 했다. 차를 타고 몇십 분을 가는데 갑자기 아저씨가 조금 더 가면 자기 집이니 쉬었다 가자고 한다. 조금 의아했지만 벌건 대낮이고 우리는 젊은 남자 대학생 둘인데 무서울 게 없었다. 마침 출출하던 차에 그러자고 했다.

차를 세우고 집에 들어갔는데 그림책에서나 보던 토굴집이었다. 집 안에는 전기로 작동하는 어떤 설비도 없었다. 전기가 들어오지 않으므로 전기제품이 무용지물이다. 100년 전에 살던 사람들의 집으로 돌아온 듯한 느낌이다. 벽에는 성룡인지 누군지 홍콩 배우 포스터가 붙어 있다. 유일한 집 안 장식인 듯하다. 아저씨가 흙바닥에 허름한 보자기를 펼치고 그위에 바구니 하나 가득한 살구 비슷한 과일을 쭉 붓는다. 수

박도 한 통 내오고 신장 사람들이 주식으로 먹는 밀가루로 만든 빵인 '난'도 꺼내 왔다. 아저씨 애들도 불러서 같이 먹는데 옆집 애들도 외국인 구경을 왔는지 6~7명이 우르르 몰려와서 같이 간식 타임을 가졌다.

그런데 애들이 우리가 들고 있는 카메라를 보니 신기해 보이는지 사진을 찍어달라고 했다. 디지털카메라가 아니라서 찍은 화면을 보여 줄 수도 없고 나중에 필름을 현상해서 우송해 주는 것 또한 사실 어렵다. 이 집은 주소도 있는지 없는지 모른다. 그래도 찍어달라니 찍어 주었다. 렌즈 속의 천진난만한 아이들의 얼굴을 떠올리면 지금도 눈물이 날 것 같다. 그 사진을 잘 보관했어야 했는데 아쉬울 뿐이다. 여행에서 돌아와 현상은 했는데 지금 그 사진은 잃어버린 듯하다.

다시 차를 타고 우리로 치면 읍내로 보이는 마을로 갔다. 헤어질 때 아저씨의 호의가 고마워 얼마 안 되는 돈이지만 사례했으나 끝까지 거절했다. 인사치레로 하는 거절이 아니라 진짜 안 받으니 줄 수가 없었다. 아저씨가 아마 중국말로 펑요우(친구)라고 말했던 것 같다. 친구 간에는 돈을 안 받는다는 뜻이다. 신장의 여러 지역을 돌아다니면서 기기묘묘한 풍경도 보고 특이한 경험을 많이 했으나 지금도 기억에 가장 선명하게 남는 것은 히치하이킹으로 맺어진 아저씨와 지냈던 몇 시간이다. 지금은 할아버지가 다 되셨을 텐데 다시 만날 수 있을까?

중국인들의 공중도덕 문제?
관행을 따르는 게 답

    지금부터 할 이야기는 필자의 지극히 주관적인 생각이다. 각 나라 국민의 공중도덕 수준을 평가하는 국제적인 기준이나 잣대가 있는 것도 아니고 중국을 좋아하는 사람과 싫어하는 사람들의 관점에 따라 평가가 극명하게 갈릴 것이므로 필자의 주장에 대해 동의하지 않는 분들도 많을 것이다. 또한 필자가 귀로 들은 사례나 직접 눈으로 본 경험도 전체로 보면 극히 일부분에 불과할 것이기 때문에 성급한 일반화의 오류를 범할 수도 있다. 또한 중국은 원체 큰 땅이기 때문에 각 지역 간에 생활 습관의 차이, 도시와 농촌의 격차도 물론 있을 것이다. 하지만 2025년 중국 수도 베이징에 사는 중국인들의 공중 도덕 수준이 이 정도이구나 하고 대략 알아두는 것도 나쁘지는 않을 것 같다.

먼저 지적하고 싶은 것은 지하철이나 엘리베이터를 탈 때 내리려는 사람이 먼저 내리고 다음에 타는 문화가 거의 없다. 선진국에서 이런 규칙은 거의 불문율이어서 교육받지 않아도 알 수 있는 일종의 사회구성원 간의 약속이나 마찬가지라고 생각하지만. 중국은 이런 암묵적인 약속이 없는 듯하다. 지하철 객차에서 내릴 때나 호텔 엘리베이터에서 내릴 때 먼저 밀고 들어오는 중국인들 때문에 당황한 적이 한두 번이 아니다. 결국은 내가 길을 터주고 먼저 들어오라고 양보하고 만다. 먼저 내리고 다음에 타면 엘리베이터 공간도 혼잡하지 않아서 좋을 것이다. 중국인들은 그런 건 안중에도 없다. 그런데 예외적으로 아파트에서는 먼저 내린 후 타는 문화가 잘 지켜지는 편이다. 이웃 주민들이라서 약간의 안면이 있어 예의를 지키는 것인가? 전철이나 호텔은 처음 보는 사람들이니 예의를 안 지켜도 되나? 그런 이유가 약간 있는 것 같다. 왜냐하면 아파트 엘리베이터에서 불쑥 먼저 타는 사람들은 거의 택배나 음식 배달원들이기 때문이다.

왜들 이럴까? 곰곰이 생각해 보았다. 사회의 전반적인 문명화 수준은 뒤에 얘기하고, 먼저 드는 생각은 중국은 인구가 너무 많아 전철이나 엘리베이터에 사람이 몰릴 때는 타고 내리기가 물리적으로 어려운 현실을 고려해야 한다. 까딱하면 전철을 놓칠 수도 있다. 내리든 말든 무시하고 내 한 몸을 먼저 객차 안에 집어넣고 보는 것이다. 엘리베이터의 경우 분명히 지상층으로 올라가려는 사람이 1층에서 지하로 내려가는 엘리베이터를 일단 타고 지하로 갔다가 다시 올라와 자기가 원하는 지상층으로 올라간다. 이런 사람들의 계산은 다음과 같다. 혹시 지하에서 사람들이 너무 많이 타서 만원이 되면 1층을 그냥 지나치거나 내가 탈 자리가 없으므로 이 정도 불편쯤은 감수해야 한다는 생각이다. 그들 나름의 경험에 근거한

중국은 어딜 가나 사람이 많다. 향을 피우며 복을 기원하는 베이징의 용허궁

합리적 판단의 결과다.

　초기에는 이런 사람들에게 인상도 좀 쓰고 흘겨보기도 하곤 했지만 이내 다 쓸데없는 일이고 괜히 내 성격만 나빠진다는 걸 깨달았다. 대부분 사람이 어떤 관행대로 움직이면 나도 그 관행을 따르는 것이 편하다. 거스르면 굉장히 불편해진다. 내가 왕따가 된다. 이쯤 되면 중국이 아직 후진국이라서, 문명화가 덜 돼서 그런 건 아니냐는 분석이 힘을 얻는다. 상당 부분은 맞을 것이고 일부는 중국만의 특성이 반영된 것이라고 본다. 위에서 말한 인구 과밀의 영향과 같은 요인이다. 그런데 문명화와 질서 의식의 부족이라면 중국 수도인 베이징은 1인당 국민소득이 3만 달러가 진즉 넘었고 학력도 전국 최고 수준이라는데 이런 기본적인 공중도덕도 못 지키냐는 의문도 든다. 만약 완전한 시골 촌이라서 엘리베이터조차 생소하다면 모르지만 말이다. 그래서 의문을 풀기 위해 베이징 인구 구성 데이터를 찾아보았다.

　'2022년 베이징 인구 블루북'에 따르면 2021년 말 기준 베이징의 상주인구는 2,188만 명이다. 이 중 베이징시 호적인구가 1,413만 명이다. 나머지 35퍼센트를 차지하는 775만 명은 호적이 다른 지역에 있다. 대부분 베이징에 돈을 벌러 온 농민공 출신이다. 거리에서 쉽게 보이는 택배 배달원, 건설 노동자, 식당 종업원 등 저학력 저숙련 노동자들이다. 학력을 살펴보면 2,188만 명 중 전문대 이상 졸업자가 919만 명으로 42퍼센트에 달한다. 베이징에 사는 10명 중 4명은 소위 '대학물'을 먹었다는 말이다. 전국 평균은 15퍼센트다. 베이징의 15세 이상 인구의 평균 교육 연수는 12.6년이다. 평균적으로 고등학교는 졸업했다는 뜻이다. 전국 평균은 10.9년이다. 베이징 주민들의 '가방끈'이 중국에서 가장 길다.

비교를 위해 국내외 데이터를 찾아보았다. 2021년 2월 26일자 한국경제신문 기사에 따르면 2019년 기준으로 한국 성인 중 전문대 졸업 이상이 50퍼센트다. 이 중 전문대 13퍼센트, 학사 32퍼센트, 대학원 5퍼센트다. OECD 38개 회원국 중 대졸자 비율이 50퍼센트가 넘는 나라는 캐나다 60퍼센트, 일본 53퍼센트, 룩셈부르크 52퍼센트, 이스라엘 50퍼센트 그리고 우리나라 등 5개국에 불과하다. OECD 회원국 평균은 39퍼센트다. 학력은 중국 전국이 아직 15퍼센트이니 선진국에 비하면 아직 멀었지만, 42퍼센트인 베이징만 떼 놓고 보면 OECD 평균 수준을 넘는다.

하지만 베이징만 놓고 봐도 공중도덕 수준이 학력 수준이나 소득수준에 많이 못 미치는 것 같다. 왜 그럴까? 아마도 전철을 많이 이용하는 사람은 소득수준이 낮은 저학력 노동자들일 가능성이 높다. 내 경험으로도 전철을 타면 이런 부류의 사람들이 많다. 소득수준이 중상급 이상이면 자가용을 타고 다닐 것이다. 그리고 중국은 배달 천국이라서 택배나 음식 배달원을 빈번하게 만난다. 많이 접촉하는 사람들이 이런 사람들이라면 내 개인적 경험에서 차지하는 비중이 과대 대표될 수 있다. 하지만 고급 호텔에서도 엘리베이터 예절은 여전히 없다. 현대 중국인은 돈이 많지만 교양은 없나? 하지만 일반화하기는 어렵다. 딱 잘라서 결론이 나오지 않는다. 더 생각해 볼 문제인 듯하다.

두 번째 지적할 것은 공공장소에서 시끄럽게 떠드는 게 일상다반사다. 탁 트인 광장이나 운동장에서 큰 소리로 말해 봐야 누가 뭐라 하지 않겠지만 열차 안이나 엘리베이터, 호텔, 커피숍 등 일부 또는 전부 폐쇄된 공간이라면 내가 원치 않아도 소음이 내 귀로 들어온다. 전화 통화 소리도 크고 두 사람 간의 대화 소리도 크다. 심지어는 이어폰도 꽂지 않고 휴대전화 볼륨을 한껏 올려놓고 음악이나 동영상을 시청하는 이들도 있다. 열차 안에서 함부로 떠들다가 다른 사람의 항의를 받아 주먹이 오가는 큰 싸움으로 번지는 동영상을 본 적이 여러 번 있다. 일부 고속철 구간에서는 '저소음 객차'를 운영하는데 이 칸에는 기본적으로 아이들은 탑승할 수 없고 휴대전화는 진동이나 무음으로 해야 하며 전화가 오면 자리를 옮겨 기차 칸 사이에서 받아야 한다. 중국인들도 소음 공해를 분명히 인식하고 더 좋은 승차환경을 만들려는 것이다. 시끄러운 것이 남들에게 민폐를 끼친다는 것을 알고 있다는 증거다.

그리고 민망한 얘기지만 길거리 가로수 밑에서 초등학생 정도 또래의 아동이 대변을 보고 있고 그 옆에 엄마가 서 있는 것을 목격한 일이 있다. 택배 배달 오토바이가 많이 서 있는 곳을 지나가면 근처 화단이나 관목림에서 소변 냄새가 풀풀 나는 것을 여러 번 경험했다. 바이두나 터우탸오 등 인터넷 포털 또는 뉴스사이트 메인화면에 올라오는 동영상을 빈번하게 올라오는 순서로 카테고리를 나누면 대개 이렇다. 첫 번째로 보행자나 오토바이가 횡단보도나 적색 신호등에서 무단 횡단해서 사망 내지 중상 사고가 일어나는 영상, 두 번째로 식당이나 공중장소에서 시비가 붙어 음식을 뒤엎고 심지어 흉기를 사용해서 사람이 다치는 영상, 세 번째로 맛집 탐방 영상이다. 한국과 비교하면 사고나 싸움 영상 내용이 상당히 잔인하고 생생한 장면까지 모자이크 없이 나온다. 중국의 인터넷 사이트는 정부가 모두 관리, 감독하고 있으니 이런 영상들이 올라오는 것은 정부의 의도가 반영된 결과다. 무단횡단하면 참혹한 결과가 나오니 교통질서를 잘 지키고 식당 같은 곳에서 제발 좀 야만적으로 싸우지 말라고 인민들을 계몽하는 것이다.

중국은 분명 희망이 있으며 앞으로 더 잘할 수 있고 더 잘될 거라고 믿는다. 앞에서도 언급했지만 8년 만에 베이징에 돌아와서 가장 큰 변화 두 가지가 거리에 쓰레기가 없어졌다

는 것 그리고 공기 질이 좋아졌다는 것이다. 정부의 노력과 제
도 개선, 인프라 구축도 중요했겠지만 역시 사람들의 노력으
로 청결과 환경 개선을 이루어낸 것이라고 본다. 공중도덕은
전통적인 습관, 생활 문화, 인식의 변화, 학력 수준의 제고,
가정교육의 개선 등 훨씬 많은 인문적인 요인들이 얽혀 있어
단시일 내에 획기적인 변화는 어렵겠지만 굳게 의지를 정하고
바르게 실천해 나가면 언젠가는 해낼 수 있을 거라고 기대한
다.

중국이
세계를 바라보는 시선

　우크라이나 전쟁이 발발한 지 3년이 넘었다. 세상에 좋은 전쟁이란 없다. 그러기에 전쟁은 결코 일어나서는 안 되며 전쟁을 막기 위해 전쟁 외의 모든 방법과 수단을 동원해야 하는 것이 정치 지도자의 역할이라고 생각한다. 한 사람의 생명은 그에게는 전 세계와 같은 것이기 때문이다.

　그런데 우크라이나 전쟁을 보도하는 중국 언론의 시각은 한국 언론과 꽤 다르다. 아무래도 우리나라 언론은 우크라이나 현지에서 취재하는 것이 매우 어렵고 인력이나 예산에 한계가 있기 때문에 미국, 영국 등 서방 언론의 보도를 인용하는 경우가 많다. 그러다 보니 기사 내용이 전반적으로 서구의 관점에 치우치기 쉽다. 우크라이나 국방부 발표와 러시아 국방부 발표 중 어떤 것을 더 많이 인용하는가에 따라서 기사를 읽는 독자들에게 부지불식간에 편견을 조장할 우려도 있다.

현대전에서는 심리전 내지는 여론전이 상당한 비중을 차지하기 때문에 국제 여론을 자기 쪽으로 돌리기 위해 전쟁 초기 단계에 양쪽에서 사실로 확인되지 않은 프로파간다 성격의 발표를 쏟아 낼 우려가 있다. 특히 전력에서 열세인 우크라이나가 서방 국가들에게 원조를 호소하고 있는 상황과 전쟁이 우크라이나에서 그치지 않고 유럽 인접국에 추가적으로 위협이 될 수 있는 상황이기 때문에 여론전이 더욱 중요해진다. 그

포로로 잡힌 우크라이나 군인들이 물과 음식 등을 받아가는 장면을 보도하는 러시아 방송

런데 전시와 같은 극단적인 상황에서 일방적 발표의 진실성을 더블체크하는 것은 거의 불가능하다.

예를 들면, 전쟁 초기에 흑해의 우크라이나 섬에 러시아 전함이 접근하여 섬 수비대원들에게 투항을 요구하였는데 이에 욕설로 대응하는 바람에 러시아 전함이 공격을 가하여 수비대원 열 몇 명이 모두 전사했다는 보도가 나온 바 있다. 우크라이나 측 발표였다. 이는 러시아의 협박에 굴하지 않고 나라를 위해 희생한 용기 있는 군인들이라는 스토리가 되어 우크라이나 국민들에게 러시아에 대한 분노와 결사항전의 사기를 고취시키는 계기가 되었음은 물론이다. 그런데 불과 며칠 후 러시아 측은 이 수비대원들이 모두 투항한 후 포로가 되어 음식을 받아가는 동영상을 공개하였다. 이 동영상이 중국 언론에 많이 보도되었음은 말할 필요도 없다.

또한 2월 24일 전쟁 개시 이틀 전에 푸틴 대통령이 발표한 A4 10장 분량, 즉 한글로 번역하면 20장에 가까운 분량의 TV 연설도 중국에서 화제가 되었다. 이 연설문은 러시아 국제관계학을 전공하는 중국인 대학원생이 전문을 번역하고 '관찰자망'이라는 중국 매체가 게재하였는데 조회 수가 무려 200만 회에 달했다.

핵심 내용은 도네츠크 공화국과 루간스크 공화국을 승인한다는 것이었다. 이는 우리 언론에도 많이 보도되었다. 하지

푸틴의 2차 TV 연설 전문을 게재한 '관찰자망' 홈페이지 메인 화면

만 앞의 대부분 내용은 우크라이나와 러시아의 역사적 관계를 러시아의 입장에서 매우 길고 자세히 설명하고 있다. 레닌과 스탈린, 흐루쇼프 등 전임 소련 지도자들이 사회주의 통일 국가 대의에만 매달려 볼셰비키 혁명 이후 우크라이나의 민족실체와 자치공화국 영토를 인정한 것, 그리고 2차 세계대전 이후 국경을 재획정하는 과정에서 폴란드 동부의 상당한 영토를 우크라이나에 주고 이에 대한 보상으로 패전한 독일 동부의 영토를 빼앗아 폴란드에 줬다는 것이다. 이후 1956년에 흐루쇼프가 소비에트연방에 속해 있는 당시 우크라이나 자치공화국에 추가로 크림반도를 할양해 줬다는 것은 잘 알려진 사실이다. 푸틴 주장에 의하면 우크라이나는 받은 것만 있고, 러시아는 잃은 것만 있을 뿐이다. 나토의 확장에 대해서는, 우크라이나가 나토에 가입하여 레이더와 미사일을 설치하면

모스크바뿐만 아니라 볼가 강 동부 지역까지도 사정권에 들어가 직접적인 군사적 위협이 된다는 것이다. 우월한 군사 무기는 사용하지 않아도 그 존재 자체가 위협 또는 억제력이 된다는 것은 상식에 속할 것이다. 연설문에서 푸틴은 재미있는 일화를 소개한다. 미국 클린턴 대통령 시절에 정상회담을 했는데 나토 동진 계획과 관련해서 갈등이 있자, 푸틴이 클린턴에게 '우리 러시아도 나토에 가입하려고 하는데 받아주겠냐?' 하고 쏘아붙였다고 한다.

이처럼 한국에는 아예 보도되지 않거나 보도되더라도 자세한 내용이 소개되지 않는 경우가 종종 있다. 뒤집어 얘기하면 중국 언론은 한국 독자들에게 한국 언론에서는 잘 볼 수 없는 내용의 기사들을 제공하고 있다는 것이다. 예를 든 '중국이 우크라이나 전쟁을 바라보는 관점'이 '패권주의' 미국에 공동으로 대항해서 러시아를 편들고 있다는 비판도 있다.

하지만 정치적 관점이나 감정적 호불호를 떠나서 미중 간에 끼어 우리의 역할을 확보하고 국익을 챙겨야 하는 중견국 한국 입장에서는 '세계를 바라보는 중국의 시각'을 치밀하고 객관적으로 파악해야 할 것 같다. '세계를 바라보는 미국의 시각'만 알아서는 안 된다. 양쪽을 다 자세히 들여다본 연후에 우리의 입장을 정하고 판단을 내리는 것이 우리에게 유리한 국면을 조성하는 데 도움이 될 것이다.

환구시보가 보는
세계

   '세계를 바라보는 중국의 시각'을 잘 이해할 수 있는 대표
적인 매체인 '환구시보(環球時報)'에 대해서 소개하고자 한다.
   중국 인민일보의 자매지인 환구시보(環球時報)는 일간지
로, 영자지인 '글로벌 타임스(Global Times)'도 함께 발행한
다. '환구'는 둥근 지구라는 뜻으로, 즉 전 세계에서 일어나는
소식을 전하는 신문이다. 다른 나라와의 외교 관계 등을 고려
해 중국 정부가 직접 하지 못하는 말을 대신 해주는 것으로 역
할 분담이 되어 있다는 관측도 있다.
   기본적으로 중국은 거의 모든 언론이 관영 언론이므로 환

환구시보(온라인에서는 '환구망'이라고 명명) 홈페이지 메인 화면

구시보도 공산당 중앙선전부의 방향과 지침을 준수한다고 볼수 있다. 사무실도 인민일보 본사와 같은 구내에 별도 건물로 들어서 있다. 인민일보가 중국 독자들을 위한 매체라면 환구시보는 중국어를 읽고 이해하는 전 세계 독자들, 글로벌 타임스는 영어를 읽고 이해하는 전 세계 독자들을 대상으로 한다.

총 16면의 분량으로 내용은 주로 해외 뉴스들, 외국 매체들이 보도한 중국 뉴스, 타이완 및 홍콩, 마카오 관련 뉴스, 국제 경제 뉴스, 해외의 문화 및 스포츠 뉴스, 사설과 칼럼 등거의 모든 지역과 주제를 망라한다. 말하자면 우리나라 신문의 국제면(대부분 1~2면을 넘지 않음)을 16면으로 펼쳐 놓은 것과 같다. 양이 질을 담보한다는 말도 있듯이 매일 16면을 발행하다 보니 지역적으로는 남미와 아프리카, 동부 유럽과 러시아, 내용적으로는 문화, 역사, 관광 등 일간지로서는 많은 분량을 할애해 다루기 어려운 주제까지 보도한다. 이 부분이 우리나라 언론과 큰 차이를 드러낸다. 예를 들면 니카라과의 관광 명소, 코트디부아르의 현대 정치사 등을 상세하게 소개하는 기사를 우리나라 종합일간지에서 찾아보기가 쉽지 않을 것이다.

그래서 '바라보는 관점'의 차이를 접어두고라도 지식과 정보의 획득 면에서 도움이 된다. 이제 우리나라도 국민 소득도 늘어나고 해외여행도 많이 하고 관심 있게 연구하는 국제지역학의 범위도 늘어났기 때문에 남미, 오세아니아, 중앙아시아 등 소위 '변방' 지역의 소식을 궁금해하고 목말라하는 독자들의 욕구는 늘어났는데, 기존의 언론 매체에서 충분히 이런 갈증을 충족시키지 못하고 있는 것이 현실이다. 우리 신문의 국제면은 미국, 중국, 유럽 위주의 뉴스와 한국 관련 외신 보도 인용정도에 머무르고 있다.

환구시보는 광범위한 주제뿐만 아니라 보는 관점도 우리 입장에서는 '신선한' 면이 있다. 러-우 전쟁 발발 초기 자원참전한 이 모 전 대위의 생사와 행방이 한국에서도 큰 관심을 끈 적이 있었는데, 2022년 3월 17일자에 실린 우크라이나를 돕기 위해 참전한 미국 제대 군인 기사를 인용해 본다. 제목부터 자극적이다. '도망 나온 미국 용병이 말한다, 절대 우크라이나에 가지 말라. 이건 함정이다. 사기 조직이다'.

28세의 오하이오 주 출신 헨리 호프트는 미 육군 출신으로, 아버지가 우크라이나 혈통이기도 하다. 극우 조직 6명의 동료와 함께 3월 7일 폴란드에 도착한 이들을 우크라이나 군이 격전이 벌어지고 있는 키예프(키이우)에 투입하였으나 개인 화기는커녕 탄약 10발만 지급했다. 결국 이들은 몰래 구급차에 숨어 타 도주하였고, 우크라이나-폴란드 국경에서 다섯 차례나 입국을 거절당해 인도주의 비영리단체 소속으로 신분을 위장하여 우크라이나를 탈출했다. 이들의 회고에 의하면 소위 '국제의용부대'는 장비 부족뿐 아니라 서로 언어도 통하지 않았고, 구성원 중에는 평생 한 번도 총을 잡아본 적이 없는 사람도 있었다고 한다. 그리고 친 나치, 백인 우월주의 성향의 극우조직 출신도 있었다. 이들에게 지급하기로 약속된 월급은 불과 230달러였다고 한다. 더욱 놀라운 것은 이 액수가 일당에 대한 월급이 아니라는 것이다.

우크라이나 관점에서 보는 전쟁과 러시아 관점에서 보는 전쟁은 꽤 다를 것이다. 영문도 모르고 갑자기 전쟁에 끌려나온 불쌍한 젊은 러시아 병사를 다룬 기사도 여럿 있었다. 하지만 적어도 다른 관점이 반영된 양쪽 기사를 충분히 접근할 수 있어야 균형 잡힌 사고를 할 수 있을 것이다.

관점 차이의 또 다른 예를 들면, 미국을 맹렬히 비판하는 기사이다. 전 세계적인 범위에서 정치, 외교, 경제, 무역, ICT 등 모든 분야에서 미국과 경쟁하는 중국으로서는 '아메리칸 스탠더드'를 강요하는 미국에 반기를 들려 하고, 툭하면 인권 문제 등으로 자국을 공격하는 미국이 귀여울 리 없다. 그런데 외교나 무역 등에서 갈등이 있으면 합리적으로 선을 넘지 않는 선에서 논리를 가지고 싸워야 할 텐데 조금 도가 지나치는 경향이 있다.

2021년 2월 미국 텍사스 주에서 대규모 정전과 한파와 정부의 미숙한 대응으로 수십 명이 동사한 비극이 있었다. 그런데 이와 관련한 환구시보의 '선을 넘는' 논평이 있었다. 이 논평은 현재 홈페이지에서 삭제되어 찾아볼 수 없다. 주요 내용은 아래와 같다.

"코로나로 국민들의 건강이 위협받고 한파로 국민들이 추위에 떨 때 미국의 정치가와 엘리트들은 사회적 진화론(적자생존)을 외쳤다. 미국의 '자유'라고 하는 것은 기실 냉혹한 '도태될 자유'를 말한다. 미국이 말하는 민주, 인권, 자유는 선거, 정치적 권리, 사회적 진화론의 다른 말이다. 그래서 미국이라는 이 부유한 국가에서는 비극이 자주 발생하는 게 이상하지 않다. 미국에서 생활하려면 개인 스스로가 실력을 갖추어야 한다. 자연 재난을 만나면 자력으로 구제할 능력과 경제력이 있어야 한다. 그게 없으면 자선단체나 하느님에게 도움을 요

得州停电危机考验美国！民众在严寒中备受煎熬，政客却仍在脸书上忙"甩锅"

来源 环球时报
2021-02-19 06:54

【环球时报记者 林日 魏辉】罕见的暴风雪导致数百万家庭连续几天断电，人们想出各种办法取暖，有人不幸一氧化碳中毒死亡，自来水供应也出现紧张，有人感叹像生活在第三世界，政客们则忙着相互甩锅。……这几天，美国南部大州得克萨斯州遭遇的停电危机引发美国舆论震动。美国能源最丰富的州因为一场寒流陷入如此境地，这仅仅是天灾吗？同一座城市市中心和富人区灯火通明，非洲裔和拉美裔为主的社区则一片漆黑，泾渭分明的"双城记"背后反映出什么？一位市长愤怒地向无助民众喊话，"政府不欠你们什么……只有适者才能生存"，这是真情流露，还是道出美国的残酷真相？一场"极度深寒"引发全美关注的同时，也给外界提供了观察这个世界最发达国家的另一个视角，《华盛顿邮报》18日称，美国的形象已经被疫情和1月6日的国会山暴动损害，如今得克萨斯州的景象被传播到世界各地，再次打击了美国的全球形象。

| 环球时事

美称将参与"镇压"少数民族的中国官员实施……
梅德韦杰夫：俄罗斯与日本在南千岛群岛问题……
乌克兰国家银行上调外币账户提现额度
美海军9万吨远征基地被损现身南海
俄乌局势最新信息：西方向乌克兰提供了喀纳……
"汉语热"骄傲绽放B尔：特朗普万万大学孔子学院……

农业农时季：精准实施生猪产能调控和冻猪肉……

22日0-8时 吉林延边数化市新增本土确诊病例1例
NICU护士记录在一线的112天：那些事儿和那……

텍사스 한파 사태를 보도한 환구시보

청해야 한다. 물론 정부는 아니다."

　사람이 살다 보면 여러 번 힘든 경우를 당하게 되는데 국가도 마찬가지일 것이다. 평상시에 으르렁거리다가도 불가항력의 재난을 만나면 서로 도와주지는 못할망정 비난을 하는 것은 상처를 남기게 될 것이다. 중국이 대국으로서 관용과 배려와 여유를 갖는다면 주변국들에게 지금보다는 더 많은 존경을 받을 텐데 하는 씁쓸한 생각이 들었다.

중국에서
트러블 해결법

    중국에서 살다 보면 본인의 의지와 관계없이 크고 작은 문제가 생기게 된다. 어느 해 겨울에는 장인, 장모를 모시고 윈난 여행을 다녀왔는데 거기서 있었던 트러블과 해결법을 소개한다. 중국 사회의 속살을 엿보는 기회가 될 것이다.

    윈난의 필수 여행지 중 하나인 리장에서 자동차를 빌렸다. 옥룡설산과 리장고성 방문 등 이동이 많을 것 같아 렌터카를 이용했다. 사고 없이 여행도 잘 마쳤다. 다음 목적지인 다리까지는 기차표를 예매했다. 큰 캐리어가 2개나 있는 관계로 아침에 가족 5명을 먼저 리장역 앞 광장에 내려주었다. 이제

윈난 리장의 옥룡설산의 해발 4,506미터 정상

내가 할 일은 기름을 넣고 차를 반납하고 다시 역으로 걸어서 돌아가면 된다.

렌터카 반납 장소에 인접한 주유소를 미리 지도 앱에서 찾아 놓았다. 차를 받을 때 직원과 같이 확인한 '남은 주행거리'가 530킬로미터였기 때문에 이만큼만 주유하면 된다. 그래서 직원에게 충분히 넣되 꽉 채우지는 말라고 주문했다. 주유 후에 시동을 걸고 계기판을 보니 450킬로미터밖에 안 되었다. 여기서 좀 기다려 봤어야 했는데 직원에게 기름을 더 넣어달라고 요청했다. 나의 렌터카 사용 경험 부족인지 자동차 연료 탱크 특성상 게이지가 늦게 올라가는 것인지 모를 일이었다. 직원이 더 넣을 수 없을 만큼 넣자 유류 미터가 630킬로미터까지 올라갔다. 100킬로미터면 7인승 카니발 수준의 차니까 연비 10킬로미터로 잡고 10리터를 더 넣은 셈이다. 중국이 우리보다 기름값이 약간 싸니 16,000원 정도 손해 본 것이다.

속은 좀 쓰리지만 여기까지는 문제라고 할 게 없다. 손님이 하라는 대로 해줬으니 직원에게 문제가 있을 리 없다. 그런데 5만 원 정도 결제를 하고 중국식 공인 영수증인 파퍄오를 달라고 하니 직원이 잠시 기다려 달라고 한다. 파퍄오란 정식 영수증을 말하는데, 간단한 카드 슬립이 아닌 A4 반쪽만 한 크기로 고유한 양식이 있다. 외교관의 경우 중국 정부에 제출하면 13퍼센트(유류)의 부가세를 환급해 준다. 중국에서 잠시 기다려 달라는 말은 여러 의미가 있다. 진짜로 5~10분 만에 해결이 되거나 1시간을 기다리거나 무한정 기다리거나 아예 일이 안 되는 경우 등 제각각이다. 자세히 보니 파퍄오 발급 기계가 인터넷 연결이 안 되는지 회오리 모양의 '새로 고침' 표시가 계속 돌아가고 있다. 언제 되는지 다시 물어보니 다시 한번 잠시만 기다려 달란다. 시간이 없어 부가세 환급은 포기했다. 차를 반납해야 하고 역으로 가서 가족들과 합류해야 했다. 필요 없다고 이야기한 후 주유소를 나섰다.

　차를 몰고 주유소를 나와 멀지 않은 거리에 렌터카를 빌렸던 주차장으로 향했다. 그런데 실수를 저질렀다. 차를 받았던 날 주차장 출입구를 기억해 내서 그 게이트로 갔는데 이게 출구 전용이라 들어갈 수가 없다. 중국은 대부분 주차장이 센서가 차 번호를 인식하여 자동으로 차단기가 올라가는 전자식 형태다. 나오는 곳이니 들어갈 수 없다. 역주행을 하여 들어가는 곳으로 갔는데 운 없게도 앞에는 진입을 기다리는 차들이 서너 대 서 있고 그 옆 공간에는 불법 주차한 차들이 줄지어 서 있다. 후진하기에도 길이 좁아서 위험했다. 오도 가도 못하는 진퇴양난이다. 가족들은 모두 역에 있으므로 도움을 받을 사람도 없다. 그래서 만나기로 한 렌터카 회사 직원에게 연락했다. 지금 주차장 옆에 있는데 빨리 와서 차를 받아 가라고. 그런데 돌아오는 대답이 자기는 아직 도착하려면 멀었단다. 차에 별다른 이상이 없으면 차는 주차장에 세우고 차키는 차 안에 넣고 그냥 가란다. 듣자마자 화가 났는데 이것도 중국식 일 처리 방식이라 마음을 다독이고 일단 참았다. 일단 차부터 해결해야 한다. 길이 꽉 막혀 양쪽 다 오도 가도 못하니 보고 있던 빌딩 관리인이 나와 일단 옆에 있는 공간으로 차를 빼라고 하면서 주차를 도와준다. 다행히 대기 중이던 앞쪽 차들이 모두 주차장에 진입하고, 나도 두세 번 전진과 후진을 반복하여 겨우 주차장에 진입했다.

그런데 아뿔싸 주차장에 빈자리가 없는 것이다. 겨우 한 바퀴 돌아 빈자리를 발견했는데 옆의 차가 주차 구획선을 밟고 주차해 놓은 상태라 카니발 크기의 차가 들어가기가 뻑뻑했다. 별수 없이 내려서 육안으로 옆 차와의 간격을 확인하고 다시 조금씩 들어가는 것을 반복하여 겨우 주차를 마쳤다. 두꺼운 겨울 외투 때문에 몸이 커서 조금밖에 열리지 않는 문 틈으로 하차하는 것도 힘들었다. 역으로 터덜터덜 걸어가니 마누라가 왜 이렇게 늦었냐고 물어본다. 겪은 얘기를 해줬더니 '역시' 그러면서 한숨을 쉰다. 5분이면 산뜻하게 끝날 일을 30~40분이 걸렸으니 나도 맥이 쭉 빠졌다. 다행히 기차는 무사히 탔다. 중국에 여행 오는 분들에게 조언한다. 시간은 무조건 여유 있게 잡으시라. 중국에서는 무슨 일이 벌어질지 모른다. 한국과 비교하면 안 된다. 한국과 다르다고 화내면 자기만 손해다. 심하면 스스로 화가 머리끝으로 뻗쳐 폭발할 수도 있다.

안되면
되게 하라

'안되면 되게 하라'는 말이 있다. 이는 우리나라 특전사의 부대 구호라고 한다. 안되면 안되는 거지 어떻게 되게 만들라는 건지 이해는 되지 않는다. 목표를 위해 수단과 방법을 가리지 않는 그래서 합리성이나 논리성이 떨어지는 막무가내식 구호가 아닌가 한다. 그런데 중국에서 살다 보니 일견 이해가 가는 측면이 있다. 물론 인간의 힘으로 절대 불가능한 일을 실현해 내는 어마어마한 수퍼 파워를 말하는 것이 아니다. 중국 특유의 융통성이랄까 삶의 지혜랄까 하는 생활의 팁이 우리나라와 비슷하면서도 다른 면이 있다.

리장의 유명한 관광지라는 옥룡설산에 갔다. 해발 4천 미
터가 넘는 만년설이 장관이라 중국의 융프라우로 불리기도 하
고 명실공히 리장의 넘버원 관광지로 국내외 관광객들이 많이
찾는 곳이다. 중국인들도 그렇지만 대부분의 한국인들은 단체

옥룡설산의 만년설

관광 형태로 이곳을 찾는다. 그래서 케이블카 또는 교통편 확보를 신경쓰지 않는다. 우리 가족은 개별 여행이기 때문에 숙박, 교통, 입장권 등 모든 일정을 하나하나 사전 구매하거나 확보 방법을 착실히 계획해야 했다.

다른 문제는 없었는데 유독 옥룡설산 케이블카 표 구하기가 어려웠다. 방문 전날 밤 8시에 홈페이지에 접속해 사야 하는데 거의 1시간도 안 돼 매진된다고 한다. 인기 있는 오전 시간대는 1분 안에 매진이라고 한다. 이유가 있었다. 일반적인 관광지 입장이라면 수만 명이 몰려도 입장시키는 데는 큰 문제가 없지만 케이블카는 한 대에 8명밖에 타지 못하는 제한성이 있다. 그리고 단체 관광객용 여행사 표를 따로 배정한 후에 개별 관광객 표를 파는 듯했다. 30분씩 시간대를 나눠 파는데 시간대별로 표가 300장 밖에 없었다.

어쨌든 전날 밤 8시에 아내와 함께 만반의 준비를 하고 있다가 8시 정각에 다음날 9시 반 탑승분 결제 버튼을 눌렀다. 그런데 웬걸, 매진이었다. 곧이어 11시 탑승분을 다시 눌렀는데 역시 매진이었다. 그리고 12시 반 탑승분을 누르자 드디어 구매에 성공할 수 있었다. 불과 30초 사이에 일어난 일이었다. 놀란 가슴을 쓸어내리면서 옥룡설산에 올라갈 수 있게 됨을 서로 감사해했다. 이어서 설산을 배경으로 하는 야외 대형 실경 공연인 '인상리장' 표를 구매했다. 하루에 공연이 두 번 있는데 두 번째인 2시 50분 공연이다. 산에 갔다 내려오면 시간이 충분할 거라 여겼다. 그러나 이 생각이 오산임을 알게 되는 데에는 긴 시간이 걸리지 않았다.

다음날 케이블카 승강장에 도착하니 대기 줄이 인산인해였다. 시간대별로 나눠서 표를 파는데도 이렇게 사람이 많나 싶었다. 케이블카 타기까지 줄 서는 데에만 20분 정도 걸렸다. 해발 3천 미터가 넘는 정상에 올라가 보니 전망도 좋고 공기도 맑고 예상보다 호흡곤란 또는 고산병 증상도 없어 편하게 구경할 수 있었다. 한 시간 정도 여유를 두고 내려가려고 다시 케이블카 줄을 섰는데 아뿔싸, 사람들 행렬을 보니 최소 1시간 반은 걸릴 듯했다. 이대로면 인상리장 공연 표는 날아간다. 공연장이 입장권을 사서 들어오는 관광지 내부에 있어서 공연만을 보기 위해 다음에 재방문하는 건 돈 낭비다. 더구나 내일은 다음 목적지인 다리로 이동해야 한다. 공연 표 취소 가능 시간은 이미 지난 후였다. 포기하는 수밖에. 6명 합하면 거의 20만 원 돈이다. 어떻게든 해봐야 하는 결단의 순간이다.

케이블카를 기다리는 대기 줄은 미로 모양으로 구획되어 있었다. 그런데 서 있는 사람들 줄 옆으로 다른 통로가 하나 있다. 보아하니 단체 관광객이나 VIP 등이 이용하는 패스트 트랙이다. 일단 경비원에게 양해를 구하고 케이블카 탑승장까

인상리장 공연 장면

지 혼자 가 보았다. 거슬러 올라가면서 기다리는 사람들을 보
니 한 시간 반이 아니라 두세 시간이 걸려도 소화가 안 될 수
준이었다. 케이블카에 탑승을 도와주는 안전요원이 바쁘게 일
하고 있었다. 다가가서 말을 걸었다. 공연 시간이 급해서 먼
저 타도 되겠느냐고. 쓱 쳐다보더니 빨리 타란다. 순간 다행

이라 생각하면서도 나뿐만 아니라 일행이 6명이라고 했다. 그러니까 직원은 고개를 절레절레 흔든다. 안된다고 한다. 다시 부탁했다. 너무 급하다고, 가족들을 데리고 올 테니 먼저 좀 태워달라고. 역시 안된다는 대답이다. 나는 순간적으로 판단했다. 이제는 직접 부딪혀 보는 수밖에. 재빨리 온 길을 거슬러 올라가 가족들을 데리고 왔다. 그리고 태워 달라고 했다. 그제야 승낙을 얻어 탈 수 있었다. 우여곡절 끝에 공연 시간에 10분 늦게 입장했지만 다행히 감상하는 데 큰 문제는 없었다.

이런 상황을 지켜본다면 우리나라 같으면 줄 선 사람들의 항의가 많았을 것이다. 하지만 중국은 의외로 사람들 반응이 무덤덤하다. 새치기하는 사람이 높은 분이거나 높은 분과 연줄이 있거나 개인적으로 피치 못할 사정이 있겠거니 하고 넘어간다. 내 차례가 좀 밀려도 아예 못 타는 건 아니고 타긴 타니 괜찮아 정도의 마음이다. 다행히 그날 그 직원이 사정을 봐줘서 행운이었지 모든 경우에 적용되는 것은 아닐 것이다. 하지만 정 급하면 무리한 시도도 해볼 수 있다. 중국도 사람 사는 곳 아닌가.

중국 인터넷에서 본 글이 있다. 요즘 고속철도 표를 구하기가 어렵다고 한다. 어떤 사람이 베이징에서 난징까지 가야 하는데 표가 없다고. 그때 누군가 댓글을 달길 베이징에서 상하이까지 가는 표를 사서 중간역인 난징에 내리라고 권유한다. 물론 푯값은 조금 더 들겠지만, 갈 수는 있는 것이다. 베이징–상하이 고속열차는 거의 90퍼센트 이상 난징역을 경유하기에 가능한 일이다. 댓글을 단 사람은 그 근거로 철도 공사에서 시발역과 종점역을 연결하는 표가 가장 비싸고 수익률이 높으므로 일부를 마지막까지 보류해 놓는다고 한다. 사실인지는 잘 모르겠다. 만약 이 방법이 통한다면 이 역시 중국식 삶의 지혜 중 하나가 될 것이다.

각설하고 중국에 오는 한국 관광객들에게 하고 싶은 가장 중요한 조언은 우리나라와 달리 중국은 '인파의 규모', '줄 서는 시간'을 반드시 예측하고 고려해서 여행 일정을 짜야 한다는 것이다. 이를 간과하면 나 같은 사달이 난다. 나는 중국 생활 적응도가 초급은 넘고 중급 정도는 된다고 생각했는데 8명만 탈 수 있는 케이블카의 한정성은 미처 계산에 넣지 못했다. 일정을 빡빡하게 짜면 시간대로 진행되는 경우는 거의 없고 앞 일정이 계속 뒤로 밀릴 것이다. 마음이 급해지고 불안해지고 결국 금전적 손해를 볼 가능성이 매우 높다. 다시 한번 말한다. 중국은 사람이 많은 나라다. 줄 서는 건 변수가 아니라 상수다.

중국에서
자전거 타기

　　2021년 중국 생활을 다시 시작하고 며칠이 지나면서 눈에
들어온 것이 거리에 널려 있는 공유 자전거였다. 2013년 유학
생활을 마치고 중국을 떠날 때는 공유 자전거는 물론 '공유 경
제'라는 개념조차 없었다. 거의 5년 전부터 광풍처럼 수많은
공유 자전거 업체가 난립하여 경쟁하면서 불법 주차와 자전거
방치로 인한 거리 미관 악화, 보행 장애 등 사회 문제화되면서
베이징시 정부의 개입으로 최근에 정리가 되었다고 한다. 거
리에 있는 공유 자전거는 3종류다. 각각 중국 최대 음식 배달
플랫폼 메이투완에서 운영하는 노란색 메이투완 자전거, 알리

바바의 파란색 헬로, 중국 최대의 우버 플랫폼인 디디의 청록색 칭쒀다.

집에서 대사관까지의 거리가 5킬로미터 정도이고 자전거 도로가 잘되어 있어서 시험 삼아 출퇴근 때 공유 자전거를 이용하다 보니 어느덧 2년 3개월 경력의 자전거 출퇴근족이 되었다. 회사에 안 가는 주말에도 공유 자전거로 비교적 먼 거리에 있는 공원이나 관광 명소를 찾기도 했다. 이 정도 탔으면 중국의 자전거 문화에 대해 말할 수 있는 수준은 된다 싶어 스스로 내린 평가를 적어보려 한다.

먼저 공유자전거 요금은 어느 정도 될까? 내가 현재 이용 중인 메이투완 1개월 이용 요금은 16.8위안으로 한화 약 3,400원이다. 월정액을 끊으면 베이징 시내에서는 횟수 제한 없이 무제한 사용이 가능하고 한 번 이용 시 최대 2시간까지다. 하지만 2시간이 되기 전 잠깐 반납했다가 그 자리에서 다시 빌리면 되니 사실상 시간도 무제한인 셈이다. 지역 범위는 베이징 행정구역 내에서 다 되는 것은 아니다. 동북쪽으로는 조금 교외로 나가면 안 되는 곳이 있기도 하지만 의외로 서북쪽으로 차로 한 시간 거리인 옌칭현에서는 사용할 수 있다. 나는 세종시에 살 때도 세종시 교통공사에서 운영하는 공유 자전거 '어울링'을 이용했는데 어울링 1년 사용료가 3만 원이니 중국과 비슷하다. 중국도 일회성으로 빌릴 때는 요금이 비싸다. 30분에 1.5위안으로 약 300원이다. 월정액을 끊어서 12번 이상만 타면 본전은 뽑는 셈이다.

　자전거 품질과 상태는 어떨까? 상당히 괜찮다. 개인적인 호기심으로 인터넷을 찾아보니 업체에 따라 다르지만 대체로 자전거 한 대당 단가가 600~700위안 정도라고 한다. 600위안이면 한화로 12만 원이다. 우리나라 기준으로 싸구려 아니냐고 할 수 있지만 인건비가 싸고 대량생산이 가능한 제조업 천국인 중국에서는 400~500위안 정도면 변속 기어 없는 쓸만한 자전거를 살 수 있다. 실제 타 보면 내구성도 있고 안정적이다. 한국과 다른 점은 타이어가 바람을 넣는 튜브 식이 아니고 아예 통 고무로 되어 있다. 가장 큰 장점은 펑크가 나지 않는다. 한국에 있을 때 일레클이라는 공유 전동 자전거를 이용해 보았는데 이 자전거가 통 고무였다. 통 고무는 단가가 높다고 한다. 일레클의 월 사용료도 5만 원이 넘었다. 사실 공유 자전거는 통 고무가 아닌 일반 타이어라면 공기 주입 및 펑크 수리 등 관리가 매우 어렵지 않을까 생각된다. 또 다른 점은 변속 기어가 없다. 이는 베이징이 서울과 달리 언덕이 거의 없는 평지이기 때문이다. 높고 낮은 구간이 없으니 변속 기어를 쓸 일이 없다. 중국에서도 서울과 같이 언덕이 많은 충칭과 같은 도시는 공유 자전거가 거의 없다. 대여와 반납은 GPS와 인터넷망으로 이루어진다. 예를 들어 깜빡 잊고 잠그지 않고 그

베이징 거리의 공유 자전거

냥 왔다면 집에 와서 앱을 통해 잠그면 된다. 초기에는 자전거를 아무 곳에나 세워도 무방했는데 자전거 무단 방치가 보행자들의 불만을 사 점점 지정 주차구역이 늘고 있다. 이제는 지정된 구역이 아니면 자전거가 잠기지 않아 반납이 안 된다.

자전거 이용 문화는 어떨까? 자전거로 출퇴근한다고 하면 대부분 지인들이 묻는 첫 마디가 위험하지 않냐는 것이다. 결론만 얘기하면 처음에는 좀 위험하지만 익숙하면 탈 만하다. 먼저 지적해야 하는 게 베이징의 자전거 도로는 세계 일류 수준이다. 대륙보다 몇 배는 더 잘사는 타이완의 장완안 타이베이 시장이 상하이 방문을 했는데 일부러 시간을 내서 공유자전거를 체험하고 타이베이가 본받아야 한다며 우수성을 칭찬했다. 자전거 도로가 시내의 거의 모든 차도 옆에 있다. 넓이는 자동차 한 차선 폭보다 훨씬 넓은 약 6~7미터 정도다. 특히 4환 도로 밖에서는 자전거 도로와 차도를 수목 또는 화단으로 완전히 분리해 놓았다. 베이징을 둘러싸고 자동차 전용 고속화 도로가 순환형으로 시내부터 외곽으로 2~6환 도로까지 있다. 4환 밖이면 서울 양재역 정도의 외곽이다. 어쨌든 자전거 도로가 별도로 있어 자동차와 부딪힐 일이 거의 없다. 다만 사거리 교차로 건널목을 건널 때나 경적도 없이 우회전하는 차는 항상 조심해야 한다.

하지만 제일 조심해야 하는 것은 자전거 도로를 같이 이용하는 오토바이들이다. 택배나 음식 배달을 하는 택배원들이 오토바이를 험하게 몰기 때문이다. 신호위반은 물론이고 역주행, 끼어들기, 옆으로 스치듯이 지나가는 위협성 운전 등으로 사실 처음에는 적응이 안 되고 화도 났다. 하지만 시간이 점점 지나면 익숙해지고 교통의 흐름이 눈에 보이면서 마음이 안정되었다. 무엇보다 중요한 것은 자전거는 속도가 느려서 안전하다. 속도를 내봐야 시속 30킬로미터 정도이기 때문에 50~60킬로미터로 달리는 오토바이와 정면충돌하지 않는 한 크게 다칠 일은 없다. 오토바이 배달원들은 돈과 시간에 쫓겨 위험 주행을 할 수밖에 없으므로 더 안쓰럽고 위험해 보인다. 길거리에서 사고를 간혹 목격했는데 사고의 주체로 보면 자동차와 오토바이 충돌 사고가 단연 많다. 대낮 거리에 오토바이 옆에 시신을 흰 천으로 덮어 놓은 것을 본 적이 있다. 사망 사고다. 한번은 젊은 여성이 몰던 오토바이와 배달원 오토바이가 추돌해서 여성이 대자로 뻗은 것도 봤다. 다행히 그 여성은 잠시 후에 다시 일어나긴 했지만 불과 내 눈 10미터 앞에서 사고를 목격하니 적잖이 놀랐다.

자전거를 타다 보니 코스를 선정하는 일에도 요령이 생긴다. 약간 돌아가더라도 차가 많은 곳보다는 공원 주변이나 한적한 도로가 좋다. 겨울에는 베이징이 영하 10도는 다반사이므로 장비를 갖춰야 한다. 바람이 불면 손발이 제일 춥다. 방한화와 두꺼운 장갑, 마스크 또는 두건은 필수이다. 겨울에는 오후 5시에 해가 넘어가 어두우므로 광부들이 머리에 쓰는 랜턴도 있으면 좋다.

결론적으로 여러 가지 박자가 맞아야 자전거 출퇴근 문화가 보편화될 수 있다. 한국에 휴가차 들어갔을 때 서울시 따릉이를 타고 강남역에 간 적이 있었는데 좁은 인도 위로 사람을 피해서 운전하려니 정말 고역이었다. 역시 별도의 자전거도로 확보가 가장 기본이고 평지가 많을 것, 적절한 요금, 주차 편의성, 사용자들의 공공 의식 등이 모두 선결 조건이 될 것이다. 쉬운 문제가 아니다. 하지만 장점은 너무 많다. 친환경적이며 돈도 아끼고, 바람을 가르면 기분도 좋아지니 정신 건강에 좋고 하체가 튼튼해지고 살도 뺄 수 있다.

중국에서
자동차 운전하기

　　8년 전에 베이징에서 생활할 때는 신분이 유학생이고 경제적 여유가 없어 차를 사지 않고 대중교통을 주로 이용했다. 이번에는 외교관 신분이고 애들도 커서 주말에 교외로 드라이브도 할 겸 전임자가 타던 3년 된 투싼을 중고가로 매입했다. 그런데 막상 운전대를 잡으려니 과거 베이징의 교통 혼란상을 잘 아는 나로서는 두려움이 앞섰다. 사람과 자전거와 오토바이와 자동차가 섞여 돌아가는 베이징 도로에서 운전을 잘할 수 있을까? 다행히 8년 전보다는 교통질서와 문화가 업그레이드된 게 보였다. 확실히 신설도로도 많이 생기고 신호등

체계와 차선 등도 좋아진 것 같다. 하지만 특유의 중국식 교통 문화는 여전히 남아있는 듯하다.

차를 평일에는 아내가 주로 이용하고 나는 자전거로 출퇴근하기 때문에 가끔 주말에만 이용한다. 내 스스로 자동차 운전자이면서 자전거 라이더이기도 하고 보행자이므로 자동차 문화를 관찰하는 객관적 입장에서 글을 써 본다.

우리나라와 가장 큰 차이점은 우회전하는 차량들이 자전거나 보행자들을 거의 고려하지 않는다는 점이다. 횡단보도에서 파란불이 켜져 건너려 하면 왼쪽에서 훅 들어오는 차들 때문에 놀란 적이 여러 번 있다. 속도를 낮추지 않고 그대로 우회전한다. 파란불이 떴다고 앞만 보고 걷지 말고 반드시 왼쪽에서 차가 안 오는지 확인하고 건너야 한다. 중국에 여행 오는 한국 관광객들도 각별히 조심해야 한다.

시간이 지나면서 중국 관행에 익숙해졌다. 이제는 반대 입장에서 내가 운전을 할 때는 파란불에 사람들이 건너도 슬금슬금 우회전을 시도한다. 천천히 들이밀기 시작하면 빨리 건너는 사람은 지나가고 천천히 건너던 사람은 멈춘다. 차가 지나가도록 양보한다. 화를 내거나 노려보는 사람은 거의 못 봤다. 왜 그럴까 생각했는데 아직 중국은 자동차 우선의 교통 문화이기 때문이 아닌가 한다. 결국 선진국과 같이 보행자 내지는 자전거를 우선하는 선진적 교통 문화에 이르지 못한 게다.

상하이 거리의 한 빌딩. 이 빌딩은 영화 '색계'의 촬영지로 유명하다

거기다 중국의 속도 내지는 효율 추구 문화의 반영이라고 생각한다. '내가 시간 아껴 빨리 다니려고 차를 샀는데 왜 보행자에게 번번이 양보를 하나'라는 심리가 있다. 또한 보행자나

자전거 타는 사람들을 약간 낮게 보는 경제적 사회적 서열주의화 원인도 있는 것 같다.

전반적으로 교통 문화가 아직 성숙하지 않다는 것은 극심한 꼬리물기 내지 끼어들기에서 잘 나타난다. 교통량이 많아 차가 막히는 것은 어느 나라나 다 있는 일이다. 하지만 중국에서 꼬리물기는 정말 몰상식 수준이다. 예를 들면 앞의 차가 노란불에 좌회전하면 바로 뒤차가 그대로 따라서 간다. 빨간불로 바뀌어도 그 뒤차도 그냥 앞차만 보고 따라간다. 재수 없으면 신호가 바뀌어 양쪽에서 직진해 지나가는 차들 때문에 자기 차만 오도 가도 못하고 갇히게 된다. 이런 차가 2~3대 서 있으면 사거리 십자 방향이 완전히 마비 상태가 되는 것이다. 출퇴근 시 이런 상황을 여러 번 목격했다. 이건 결국 사람들의 교통 문화 수준의 문제다. 본인의 이기심 때문에 전체에게 피해를 준다. 끼어들기도 마찬가지다. 고속도로 출구로 진출하는 차가 많아 몇백 미터나 정체되어 있는데 태연히 직진 차로로 가다가 몇 미터 안 남기고 오른쪽 출구로 끼어드는 얌체들이 꽤 있다. 우리나라도 얌체가 있지만 중국이 비율적으로 더 많다.

중국에서도 얌체 운전자와 상습 교통위반자들 때문에 운전 면허 취득을 한층 더 어렵게 해야 한다는 목소리가 있다. 하지만 쉽지는 않을 것이다. 운전 면허 따기가 어려워지면 차가 잘 안 팔리게 된다. 자동차 산업은 중국 경제 성장을 이끄는 견인차다. 매년 3천만 대 이상의 차량이 팔려 나간다. 연관 산업까지 포함하면 자동차 산업으로 먹고사는 사람이 수천만 명은 넘을 것이다. 20세기 초반 미국에서 자동차 기업들의 압력으로 정부가 철도 건설을 거의 포기하고 정부 예산을 고속도로 건설에만 투입했다고 한다. 물론 중국은 민간기업의 눈치를 보는 미국과 다르다. 고속도로도 무진장 만들고 고속철도와 지하철도 무진장 만든다. 시멘트와 철강 등 건설 자재 공급 과잉 해결과 대량의 저숙련 일자리 창출 그리고 단기간의 고속 경제 성장률 달성을 위해서 교통 인프라 건설에 매진하고 있다. 이야기가 잠시 딴 데로 샜다. 독자들에게 이것만 말하고 싶다. 중국에서 운전할 때는 냉철한 정신자세로 한눈팔지 말고 과속하지 말고 여유를 가지고 방어운전 하시라. 맹한 운전자들 욕해봐야 소용없다.

중국인들이
경찰관을 대하는 자세

    중국의 치안은 10년 전에 비해 상당히 좋아졌다. 내가 살던 왕징 중심가에 재래시장이 있었는데 시장에 갈 때마다 경계해야 하는 게 소매치기였다. 그리고 상인들도 바가지를 씌우는지 거스름돈을 제대로 주는지 확인해야 한다. 좀도둑 때문에 웬만한 아파트들은 3~4층까지 창마다 쇠창살을 설치했다. 워낙 신출귀몰한 도둑들이 많아 벽을 타고 3~4층 올라가는 건 일도 아니었다. 그러면 어떻게 단시일 내에 중국의 치안이 좋아졌을까?

    첫 번째 이유로 사람들이 현금을 가지고 다니지 않는다.

위챗페이와 알리페이 등 모바일 결제 시스템이 급속히 보급되면서 현금을 쓸 일이 없다. 지갑도 신용카드도 없다. 휴대전화만 들고 다닌다. 도둑이 훔칠 게 없는 것이다. 휴대전화도 사람들이 손에 잡고 다니므로 훔치기 어렵다. 다른 이야기이지만 중국인들 상당수가 휴대전화 중독인 것으로 보인다. 횡단보도를 건널 때도 지하철에서도 버스 안에서도 심지어 사우나 안에서도 휴대전화를 보고 있다. 뭘 그렇게 열심히 보나 알고 보면 대부분 게임, 영화나 드라마 동영상, 소셜미디어다. 개인적인 관점에서 그렇게 코를 박고 계속 주시해야 할 만큼 중요성과 시급성은 없어 보인다. 어쨌든 휴대전화 중독은 중국만 그런 것이 아니고 세계적인 현상이니 여기서는 논외로 한다.

두 번째 이유는 실명제의 도입이다. 기차, 비행기, 고속버스 등의 표 구매, 박물관, 테마파크, 관광지 등의 입장권 구매 등 사회 전 분야에 걸쳐 실명제가 시행되고 있다. 중국인의 경우 실명과 우리의 주민등록번호와 같은 공민증 번호가 필요하며, 외국인의 경우 여권상 이름과 여권번호가 없으면 표를 살 수가 없다. 게다가 실제로 탑승하고 입장할 때 공민증 또는 여권 원본을 꼭 휴대해야 한다. 복사본은 안 된다. 가상으로 어떤 사람이 범죄를 저지르고 지명수배 또는 유력 혐의자가 되면 대중교통수단을 이용하는 순간 바로 적발된다. 만약 자가용을 몰고 도로로 간다면 베이징을 들고 나는 모든 도로마다 설치된 검문소에서 걸린다. 빠져나가기 어렵다. 실명제를 강력히 실시하는 이유 중 하나가 암표 방지 목적도 있지만 이러한 범죄 억제 및 검거 목적이다. 어떤 TV 프로그램에서 고의로 돈을 갚지 않아 채무 집행 법원 판결이 확정된 사람이 고속철도 역에서 기차표를 게이트에 터치하는 순간 어디선가 경찰이 다가와 체포하는 것을 본 적 있다.

세 번째로 감시 카메라다. 중국 대도시는 세계 어느 곳보다 높은 밀도로 카메라가 설치되어 있다는 보도가 있었다. 차도는 물론이고 인도에도 감시 카메라가 곳곳에 있다. 조금 과장해서 말해 어떤 사람이 집을 나와서 어느 곳에 간다고 하면 걷든 차를 타든 모든 동선을 확인할 수 있다는 말이다. 이제는 지하철 게이트에도 일부 안면인식 기술이 도입되었다고 하니 단순하게 화면을 보고 사람을 찾는 것을 넘어서 시스템이 누가 누구인지 특정인까지 자동 식별해 낼 수 있을 것이다.

한국인들이 볼 때는 통제와 감시가 과도하고 번거롭고 불편하지 않냐는 불만이 나올 수밖에 없다. 나도 동의한다. 코로나19 시국에는 확진자를 가려내기 위해 전철표 한 장을 살 때도 실명제를 시행했다. 베이징 시민들이 일부 불만을 터뜨렸다. 세계 어느 도시에서 신분을 확인하고 전철표를 사고 탈 때마다 짐 검색을 하나? 분명히 과도한 통제와 불편이 있지만

베이징의 한인 밀집 지역 왕징의 거리

사용자 측에서는 일부 편한 것도 있다. 예를 들면 종이로 된 고속철도 표나 항공 표가 없어도 되기 때문에 분실의 위험이 없다. 몇 년 전 개관한 베이징 유니버셜 스튜디오는 처음 입장 할 때 안면인식을 한다. 점심 식사 등을 위해 유료 구역 밖으 로 나올 때가 있는데, 재입장 시 안면인식만 하면 된다.

그러면 중국은 다른 나라에 비해 치안이 좋은 나라일까?

국가별 비교를 위해 'numbeo' 사이트를 참조하였다. 매우 객관성이 높은 순위는 아니다. 사이트 사용자들에게 설문조사를 해서 나온 결과를 종합한 것으로 일종의 평판 조사다. 하지만 특정 나라가 특정 나라보다는 치안이 좋다 정도는 가늠이 될 것 같아 인용한다. 2024년 기준 치안이 우수한 국가별 순위다.

1위 안도라, 2위 UAE, 3위 카타르, 9위 일본, 15위 중국, 16위 한국, 17위 스위스 등이다. 1위 안도라는 스페인과 프랑스 사이에 낀 소국으로 관광산업이 주된 나라다. 아주 특수한 나라다. UAE와 카타르처럼 중동의 절대왕정 국가들이 순위가 높은 것은 강력한 사회 규율과 술 판매 제한 등 제도상 제약이 있다. 15~17위인 중국과 한국, 스위스가 비슷한 것은 필자도 여행 또는 생활 경험에 비추어 충분히 공감한다. 결론적으로 조사 대상 146개국 중 중국과 한국은 치안이 세계적으로 매우 좋은 나라에 속한다. 그런데 특기할 만한 것은 82위 이탈리아, 84위 영국, 89위 미국, 110위 프랑스 등 일부 서방 국가들이 순위가 낮다는 것이다. 유럽 배낭여행을 다녀온 한국인 중에 소매치기, 절도 등의 피해를 경험한 사람이라면 공감이 되는 이야기일 것이다. 꼴찌는 146위 베네수엘라다. 132위 브라질, 142위 남아공 등 남미와 아프리카 나라들이 치안이 대체로 좋지 않다.

중국의 치안이 좋은 이유 중 하나는 방대한 경찰력이다.

중국의 경찰 인원수는 약 200만 명이나 된다. 중국은 정부가 강한 나라다. 권위가 있다. 그래서 시민들이 경찰에 대한 약간의 두려움이나 경외감이 있다. 지금은 그렇지 않겠지만 예전에 직접 본 사례가 있다. 도로에서 지나가던 트럭 한 대를 신호위반인가 과적 때문에 경찰이 막아 세웠다. 트럭 운전사는 젊은 남성이었는데 운전석에서 내리자마자 마치 논산훈련소에 방금 입소한 신병처럼 바짝 긴장한 차렷 자세를 취하고 시종일관 큰 목소리로 경찰의 질문에 답을 하고 있었다. 중대한 위반은 아닌 것처럼 보였는데, 어쨌든 중국인들은 경찰관을 대하는 자세가 남다르다. 경찰관뿐만 아니라 제복을 입은 군인, 특히 공항의 출입국관리소나 세관 등의 공무원을 대하는 태도가 다르다. 우리나라에서는 공권력이 필요한 수준보다 약해졌고 국민에게 무시당한다는 비판이 몇십 년 전부터 나오지 않았나? 과연 중국도 우리나라 수준으로 민주화가 되면 시민이 경찰을 우습게 볼까?

한국으로 가는
머나먼 길

중국에서 한국으로 가는 길이 멀다고 하소연한다면 무슨 뚱딴지같은 소리냐고 할 것이다. 베이징에서 인천까지 비행기로 2시간이면 가는데 말이다. 코로나19로 중국이 철통같이 봉쇄된 시절에 나에게 그런 일이 있었다.

2022년 8월 16일 화요일 새벽에 한국에서 형으로부터 전화가 왔다. 아버지가 위독한 상태이고 곧 임종하실 것 같다는 비보다. 매우 놀라긴 했지만 사실 전혀 예상하지 못한 바는 아니었다. 1941년생인 아버지는 이미 십수 년 전에 뇌졸중으로 쓰러진 적이 있었고 최근에는 전립선암 때문에 계속 통원 치료를 하고 있었다. 나중에 사망 증명서를 보니 직접 사인은 코로나19로 감염으로 인한 급성 폐렴이었다. 기저 질환이 있는 노령자들에게 코로나19가 전염되면 사망률이 높다고 뉴스 보도를 보긴 했지만 우리 가족의 문제가 될지는 몰랐다. 아버지는 그날 해가 뜨기 전에 돌아가셨다.

나는 일단 황망한 마음을 다스렸다. 회사에 연락해서 휴가를 신청했다. 그런데 중요한 것은 한국에 들어갈 수 있을까 하는 문제였다. 왜냐하면 당시 베이징과 인천을 왕복하는 비행기는 주 2편 밖에 없었다. 매주 토요일 중국국제항공 편과 매주 월요일 아시아나항공 편이었다. 그나마 이 스케줄도 중국 정부의 국제 항공편 봉쇄 조치로 불과 몇 주전인 7월 23일에 2년 4개월 만에 재개된 노선이었다. 하지만 아버지가 돌아가신 날은 화요일이었다. 발인하는 날이 목요일 오전이니까 토요일에 들어가는 건 의미가 없다. 톈진이나 선양, 상하이 등 다른 도시에서 한국으로 들어가는 비행편도 1주일에 한 편밖에 없었다. 그나마 수요일 편은 없었다. 설사 항공기가 운항되더라도 표가 없을지도 모른다.

반쯤 포기한 심정으로 있는데 알고 지내던 베이징의 한국관광공사 직원으로부터 전화가 왔다. 수요일에 중국 남부 도시인 광저우에서 인천까지 가는 티켓이 있단다. 나중에 알고 보니 내가 아버지의 부고를 여기 베이징에서 같이 근무하는 문체부 선배인 문화원장에게 알렸는데, 문화원장이 관광공사 지사장에게 항공편이 있는지 알아봐 달라고 부탁한 것이다. 바로 광저우-인천 표를 끊었다. 하지만 돌아오는 표도 확보해야 했다. 그다음 주 월요일 인천-베이징 아시아나 편을 알아봐 달라고 부탁했다. 다행히 표가 있었다. 한국행 비행기를 타려면 일단 광저우까지 가야 하니 수요일 오전 베이징-광저우 국내선을 알아보았다. 그렇게 비행기표를 확보했다.

일단 갈 수 있게 되어 안심했다. 그리고 도움을 준 분들이 정말 고마웠다. 나는 다음날인 수요일 아침 일찍 집을 나섰다. 오전 8시에 출발하는 중국국제항공 베이징-광저우 편을 타고 광저우 바이윈공항에서 내려 13시 20분에 출발하는 대한항공 광저우-인천 편을 갈아타면 한국에 도착하는 일정이다. 새벽 6시쯤 아내가 베이징 수도공항 제3터미널까지 자가용으로 바래다주었다. 차에서 내려 터미널에 들어가기 전에 담배를 한 대 물었다. 이상하게 지금도 그 시간에 그 장소에서 담배를 피우던 내가 기억에 생생하게 남는다. 전날 급하게 이것저것 짐가방을 꾸려주고 새벽같이 공항까지 차로 데려다준 아내에게 감사한 마음, 무사히 서울까지 갈 수 있을지 불안한 마음, 둘째 아들인 내가 외국에 있을 때 갑자기 떠나 버린 아버지에 대한 마음 등이 겹쳐 지나갔다. 일행 없이 홀로 흐린 날씨에 희뿌옇게 올라오는 태양을 등지고 용 비늘을 형상화한

타 지역 이동 가능 건강코드   베이징시 건강 코드

수도공항 터미널의 지붕을 바라보며 걸음을 재촉했다.

    비행기는 연착 없이 무사히 광저우 바이윈공항에 도착했다. 이제 국내선 터미널에서 국제선 터미널까지 이동하면 된다. 2시간이면 충분히 환승 가능할 거라고 예상했는데 공항 규모가 꽤 커서 생각보다 시간이 걸렸다. 캐리어를 끌고 뛰듯이 걸었다. 국제선 터미널로 가는 셔틀버스 정류장까지 왔다. 10분 후에 내부 셔틀버스가 온다.

땀으로 젖은 몸을 말리면서 숨을 고르고 있었는데 셔틀버스 타는 줄을 서기 전에 건강 코드를 검사하고 있다. 아뿔싸 그놈의 방역 조치가 문제였다. 당시 중국에서는 사람마다 건강 코드를 표시하는 앱을 필수적으로 깔아야 했다. 3일에 한 번씩 무조건 코로나19 검사를 받고 음성이 나와야 건강 코드의 녹색 표시가 계속 유지된다. 만약 빨간색 표시가 나오면 대중교통 이용은 물론이고 식당, 상가 그 어느 곳도 출입할 수 없다. 그런데 이 앱이 전국 통용이 아니라 성별로 모두 다르다. 나는 베이징시 건강 코드는 있지만 광동성 건강 코드는 없다. 직원에게 베이징 건강 코드를 보여주니 안 된다고 한다. 광동 것을 보여달라고 한다. 부랴부랴 앱을 깔고 여권번호 등 인적 사항을 입력했는데 외국인이라 그런지 등록이 되지 않는다. 식은땀이 쫙쫙 흐른다. 두 번 세 번 해도 안 된다. 인터넷도 느리다. 안 되니 사정을 봐줘 셔틀 태워 주면 안 되냐고 하니 규정상 절대 불가라고 다시 등록해 보라고 한다. 그놈의 규정! 기계처럼 매뉴얼 대로 일하는 중국 사람들. 정말 야속하다. 버스가 도착해서 앞 사람들이 타고 있을 때야 등록이 되고 녹색이 떴다. 버스로 몸을 던졌다.

국제선 터미널에 도착해서 또 단거리 마라톤이 시작되었다. 항공사 카운터에서 여권을 보여주고 항공권을 받았다. 이제 안심이다. 지체 없이 보안 검색과 출입국 수속, 검역대를 지나 보딩 게이트로 이동했다. 그런데 또 어이없는 상황이 벌어졌다. 비행기가 두 시간 지연 출발이란다. 통상 대한항공 비행기가 광저우에 도착하면 객실 청소하고 기름 넣고 기내식 싣고 한두 시간 정도 머물다 한국행 승객들을 태워 다시 한국으로 귀항한다. 그런데 코로나19 때문에 외국에서 들어오는 비행기는 소독을 더 철저히 한다고 했다. 지연을 알게 되자 마음졸이며 온몸에 땀 젖어 가며 뛰어온 나 자신이 한심했다. 하지만 기다리는 것 외에 다른 방법은 없다. 그런데 딜레이는 두 시간이 아니었다. 출발 예정 시각보다 네 시간이 넘어서야 출발했다. 인천공항에 내려 택시를 잡아타고 시계를 보니 밤 10시가 넘었다. 서울 송파구 아산병원에 도착하니 11시가 넘었다. 장례식장에 도착해 가족들을 만나니 그제야 마음이 놓였다. 고맙게도 고등학교 친구 몇몇과 문체부 동료들이 내 얼굴을 본다고 그때까지 기다리고 있었다. 참 감사하고 미안했다. 정말 긴 하루였다.

다음 날 발인과 화장, 국립묘지 안장까지 잘 마쳤다. 아버지는 직업 군인이라서 국립현충원 납골당인 충혼당에 모실 수 있었다. 주위의 여러 사람의 도움이 없었으면 아버지가 하늘나라에 가는 길을 못 봤을 것이다. 앞으로 코로나19와 같은 전 세계적 팬데믹은 제발 없었으면 좋겠다. 그날 광저우 공항에서 겪은 그 아찔함을 다시는 경험하고 싶지 않다.

상추, 옥수수도
한자라고?

우리나라에 한자가 들어온 것은 기원전 108년 전한의 무제가 한사군을 설치했을 때라고 전해진다. 한사군의 위치와 의미에 대해서는 역사학계에서 논쟁이 있지만 어쨌든 우리 조상들은 대략 이 당시 한자를 접촉하게 된다. 그리고 삼국시대에 들어와 한문의 사용이 본격화된다고 한다. 삼국시대 당시 중국에는 당나라가 있었기 때문에 지금 우리가 사용하는 한자의 발음이 당나라 중국인들이 쓰던 한자 발음과 유사하다는 주장이 있다. 쉽게 말하면 '我是中國人'이라고 쓰면 현대 중국인들은 '워스쭝구어런'이라고 읽는다. 하지만 당나라 시절 중국인과 한국인들은 '아시중국인'이라고 읽게 된다. 믿거나 말거나 현대 한국인이 타임머신을 타고 당나라로 돌아가면 한자어를 그냥 우리 발음으로 읽으면 중국어가 통한다는 이야기다. 나는 중문학자도 중국어학자도 아니기 때문에 비교언어학적으로 그 사실 여부를 밝힐 자격이나 의지는 없다. 다만 개인적으로 중국어를 배우면서 우리가 한글이라고 생각했던 단어들이 상당 부분 한자에서 유래했다는 것을 알게 되었다. 앞으로 중국어를 배우는 분들이 이 글을 참조하시면 중국어 단어 외우는 데 조금이라도 도움이 되지 않을까 싶다. 주로 채소 이름과 동물 이름을 위주로 이야기를 풀어 본다.

채소는 중국어로 菜(한국 발음은 채, 중문 발음은 차이) 또는 蔬菜(소채, 수차이)라고 한다. 언젠가 우리나라에서도 채소를 소채라는 부르는 걸 들어본 적이 있다. 재미있는 것은 중국에서 菜는 모든 음식의 통칭이다. 채소만 菜라고 하는 게 아니라 고기로 만든 음식도 菜다. 그래서 메뉴판은 菜單, 한국 음식은 韓國菜라고 한다. 개인적인 추측이지만 고대에는 고기가 귀해서 채소로 만든 음식이 대부분이기 때문에 '채소'가 바로 '음식'을 가리키는 말이 되지 않았나 싶다. 나중에야 고기 요리를 많이 만들어 먹었을 것이다. 하지만 언어는 한 번 언중 사이에 습관적으로 굳어지면 바꾸기 어렵다.

채소 이름 중에서 생강, 은행, 인삼, 완두, 대두 같은 것

청경채와 '목숨 수(壽)'자 어묵이
올라간 장수면

딤섬을 만드는 중국 식당의 주방

은 한자어를 그대로 가져다 썼다. 발음만 다르고 뜻은 똑같다. 이런 것들은 논외로 한다. 그런데 배추는 白菜(백채, 바이차이)라고 한다. 배추도 결국 백채에서 나온 말이라고 추측된다. 한자의 한국어 발음이 약간 변형되면서 사람들 사이에 발음하기 편하게 굳어진 것으로 보인다. 이런 계통이 다음과 같은 단어들이다. 상추는 生菜(생채, 셩차이), 가지는 茄子(가자, 치에즈), 대추는 大棗(대조, 따자오), 갓은 芥菜(개채, 지에차이), 후추는 胡椒(호초, 후자오) 등이다.

그런데 고추는 좀 다르다. 고추는 苦椒에서 나왔다고 한다. '쓸 고' 자를 쓴다. 옛날 우리 조상 입맛에는 맵기보다는 쓴맛이 강했나 보다. 중국에서는 辣椒(랄초, 라자오)라고 한다. '매울 랄' 자를 쓴다. 랄초가 우리말로는 발음하기도 어렵고 고초(후에 변형되어 고추)가 발음하기 편해서 그냥 굳어진 것이 아닌가 추측한다. 말 나온 김에 고추가 많이 들어가는 김치는 浸菜(침채)에서 나온 말이라 한다. '가라앉을 침' 자를 쓴다. 배추를 소금물에 충분히 가라앉혀야 김치가 맛있게 될 것이다.

그리고 약간 다른 종류들도 있다. 중국에서 지금은 잘 쓰이지 않는 이름이 한국으로 전래되어 굳어진 경우라고 보인다. 예를 들면 백주(白酒, 중국식 증류주)의 원료로 많이 쓰이는 수수는 중국에서 대부분 高粱(까오량)이라 부른다. 그런데 별칭으로 蜀秫(촉출, 슈슈)라고도 한다. 아마도 수수가 촉(지금의 四川) 지방에서 많이 재배되었던 것 같다. 슈슈가 발음이 변하면서 수수가 된 것으로 보인다. 그래서 옥수수도 중국에서는 玉米(옥미, 위미)라 부르는데 우리나라에서는 옥수수(玉蜀秫)라 부른다. 수수보다는 큰 알갱이가 달린 것이 마치 옥과 같다 해서 옥수수가 되지 않았을까? 토란도 중국에서는 대개 芋頭(우두, 위터우)라 부르지만 별칭으로 土蓮(토련, 투리엔)이라고도 한다. 땅에서 나는 연근이란 뜻이다. 우리나라의 토란이란 단어는 토련에서 나온 것 같다.

동물 이름으로 가 보겠다. 사자, 기린, 하마, 악어, 앵무,

공작, 낙타, 양 같은 단어들은 논외로 한다. 한자어를 그대로 가져다 쓴 것이다. 그런데 토끼는 중국어로 兎子(토자, 투즈)다. 중국어는 뜻글자인 한자 하나하나가 의미를 갖기 때문에 언어 습관 내지는 발음상 편의 때문에 뒤에다 의미 없이 '子'자를 붙여 쓰는 경우가 많다. 앞에 나온 茄子도 그렇고 兎子도 마찬가지다. '토'는 알겠는데 '끼'는 뭘까? 농반진반으로 토끼는 잘 토끼기 때문에 그런 걸까?

호랑이도 호랑이 虎(중국어 老虎)에서 나온 것이 확실하다. 그런데 늑대 狼까지 붙여놨다. 한국인이 볼 때는 호랑이와 늑대를 합쳐 놓은 것처럼 무서웠나 보다. 말은 馬, 원숭이는 猿(중국에서는 猴子), 상어는 鯊魚(사어, 샤위)에서 나왔을 것이다. 좀 특이한 것은 독수리인데, 중국어로 禿鷲(독취, 투쥬)라고 한다. 대머리 매라는 뜻이다. 독은 우리 한자어 발음이고 수리는 중국어 발음 쥬가 수리로 바뀐 게 아닌가 싶다. 노루는 비슷한 동물인 사슴 鹿에서 나온 것으로 보인다.

다시 말하지만, 학문적 근거 없이 개인적 생각을 늘어놓은 것이니 참고만 하길 바란다. 원래 외국어 학습에서 동식물 이름의 암기가 어렵다. 개념어나 추상어와 달리 연관성이 없기 때문이다. 독자들께서 이 글을 읽고 나중에 중국어 공부할 때 '아, 거기서 본 건데'라고 몇 개라도 기억이 난다면 그걸로 족하다.

석탄으로
플라스틱을 만드는 시대

2023년 11월에 산시성 위린이란 곳에 출장을 다녀왔다. 대사관에 행안부에서 파견 나온 행안관이 근무하는데, 대한민국시도지사협의회 중국지부장도 겸직하고 있다. 쉽게 말하면 한국의 지자체와 중국의 지방정부 관련 업무를 하는 것이다. 현재 중국 상하이, 베이징, 칭다오 등 대도시에 한국의 기초 및 광역지자체의 중국 사무소도 여럿 설치되어 있다. 이들 지자체 사무소들의 총괄 및 협력 업무도 행안관이 담당한다.

이번 출장은 K2H 프로그램 중국 지방공무원 교류 행사였다. K2H(Korea Heart to Heart) 프로그램이란 외국 지방공무원을 한국에 초청하여 6개월간 한국어 학습, 한국 문화 체험, 국제업무 교류 등 직무 연수 과정을 경험하는 사업이다. 개도국에서는 재정도 넉넉지 않고 한국에 올 기회도 별로 없을 것이므로 한국 정부가 다른 나라의 시방공무원을 초청하여 한국의 선진 행정 경험도 전수하고 한국 생활을 직접 체험하게 하면 한국 이미지도 올라가고 중장기적으로 친한파로 만드는 좋은 기회가 된다. 우리나라가 일방적으로 초청만 하는 것은 아니고 국가에 따라서는 서로 비슷한 수의 공무원을 교환 초청하기도 한다.

1999년에 시작한 이 사업에 2021년까지 33개국 870명이 참여했다. 이 중 약 40퍼센트가 중국 공무원이다. 그런데 이 사업이 개인의 일회성 경험으로 끝나지 않고 한중 간에 매년 번갈아 가면서 프로그램 경험자들과 관계자들이 한 장소에 모여 세미나, 간담회, 산업시설 견학, 문화 체험 등의 행사를 가진다고 한다.

코로나19로 3년간 중단되었던 이 행사가 다시 열리게 되었다. 산시성 성도인 시안 다음으로 인구가 두 번째인 위린시에서 열린다. 행사 장소는 중국 외교부가 최종적으로 결정하는데, 나중에 얘기를 들어보니 중국 지방정부 사이에 이 행사를 유치하려는 경쟁이 치열하다. 우리나라처럼 중국 지방정부도 관광자원과 투자 매력 등을 외부에 선전하려고 혈안이 되

시안의 병마용

어 있는데 이번 행사처럼 중국 공무원들과 한국 공무원들이
다수 참석하는 행사가 홍보에는 안성맞춤 격이라 하겠다.

　개인적으로 시안은 두 번 가봤는데 위린이라는 도시는 생
소했다. 황토고원 한가운데 분지에 자리 잡은 도시인데 예전
부터 석탄 생산이 많아 중화학공업이 발달했다고 한다. 비행
기를 타고 가며 창문으로 내려다보니 베이징 상공을 벗어나
위린까지 나무 한 포기, 풀 한 포기 없는 황토고원이 계속 이
어지고 있었다. 정말 척박한 땅이라는 걸 실감했다. 산시성
내에서 남부인 시안에서 북부인 위린으로 가는 길도 험난한
산지다. 요즘 중국에서는 웬만한 중소도시에 다 연결된 고속

철도도 없다. 다행히 시안에서 위린까지의 고속철도가 2023년 말에 착공되어 5년 후 개통한다는 소식이다.

행사 참가자는 200명이나 되었다. 산시성 정부와 위린시 고위 지도자들도 총출동하고 식사, 숙박, 공연도 용의주도하게 준비해서 정성을 다한 느낌이 역력히 들었다. 두 나라 사이에 지방공무원 연수 경험을 가진 사람들이 정부 주최로 매년 모여서 성대한 행사를 개최하는 것은 이례적이다. 예를 들면 한-프랑스, 한-베트남 지방공무원 행사를 공식적으로 매년 할 수 있을까? 우리나라와 중국의 인종적, 문화적 유사성, 공무원 직업 제도의 유사성, 지리적 근접성, 수교 이후 다져 온 우호 교류 정신 등이 결합 되어야 가능한 행사라는 생각이 들었다. 대단한 외교적, 정치적 조치보다 이런 작은 행사들이 하나하나 모여서 두 나라 간의 우호 선린 관계가 벽돌 쌓듯이 차곡차곡 안정적으로 굳어가는 것이 아닐까?

행사 기간 중 산업시설 견학에 참여했다. 대규모 석탄 화학 공장이 인상적이었다. 석탄화학공업이란 분야를 공부하는 계기가 되었다. 국제정세 변화로 석유 가격이 계속 오르고 에너지 안보가 중시되면서 중국 정부는 2010년대 이후 석탄화학공업을 적극 육성한다. 중국도 석유를 생산하는 산유국이지만 석유 소비가 많아 수요의 60퍼센트 정도를 중동 등 외국에서 수입한다. 반면 중국에 석탄 매장량은 엄청나므로 외국으로 수출해도 남는다. 하지만 탄소 중립 달성을 위해 신재생 에너지 사용을 늘리고 석탄 발전을 줄여나가는 상황에서 석탄이 남아돌게 되자 이를 활용하여 석유 제품 생산을 대체하는 것이 석탄 화학 산업이다.

다량의 물을 사용하여 석탄을 화학적으로 처리하여 가스화한다. 일부는 액화한다. 단순하게 얘기하면 가스화한 것은 천연가스가 되고 액화한 것은 석유가 된다. 그래서 이 유사 가스와 유사 석유를 원료로 화학제품을 생산한다. 우리가 사는 아파트를 지을 때 많이 들어가는 창틀, 바닥재, 파이프, 포장재 등의 원재료인 PVC를 생산한다. 섬유의 원료가 되는 폴리에스터도 생산하고 플라스틱의 원료가 되는 올레핀도 만든다.

최근 한중 간에 문제가 되었던 요소도 생산한다. 요소는 대부분 농작물 생장 촉진을 위한 화학비료의 원료로 쓰인다. 우리나라에서 화물차에 장착된 배기가스 저감재인 요소수는 이 요소를 물과 1:10 비율로 희석한 것이다. 전체 요소 생산 중 차량용 요소 생산 비중은 매우 적다고 한다. 가상적인 생각이 하나 떠올랐다. 아마 우리나라에서는 환경 규제 때문에 어렵겠지만 요소수 대란을 영구적으로 해결하는 방법은 우리나라도 석탄 화학 공장을 자체적으로 건설하여 요소를 생산하는 것이다. 하지만 우리나라의 높은 인건비와 3D 기피, 엄격한 환경 규제 때문에 어려울 것이다.

과거에 희토류 문제가 불거졌을 때 알게 된 사실이 하나 있다. 전 세계 희토류 생산의 1위와 2위를 차지하는 나라가 중국과 베트남인데 그 이유가 이 나라에 희토류가 많이 매장되어 있기도 하지만 희토류를 여러 공정을 통해 제련해야만 시장에 팔 수 있는 제품화가 되는데, 이 과정에서 발생하는 환경 오염과 열악한 노동환경이 선진국에서는 감당 못 할 수준이기 때문이라고 한다. 개도국에서만 오염 산업을 가동한다면 선진국은 자국의 환경을 지키기 위해 개도국의 환경 오염을 돈 주고 사는 것이 아닐까? 미국과 유럽 등 선진국이 기후변화 위기를 초래한다고 브라질 정부에 아마존 삼림을 남벌하지 말라고 강요하면 브라질은 나무를 베고 콩밭을 만들어 콩을 생산해야 자국 농민들이 먹고산다고 반박한다. 너희 선진국들이 우리 브라질 농민들을 먹여 살릴 것도 아니지 않냐고 외친다. 쉽지 않은 문제다. 세상의 모든 문제는 경제적 타산과 떼어놓을 수 없다.

중국 맛보기,
들여다보기, 즐기기

중국에서 당황하지 않고 사는 법

베이징에서
제일 맛있는 음식은?

한국에서 손님이나 친척이 베이징을 방문한다고 하면 어떤 음식점을 갈까? 사람마다 취향이 다르겠지만 대부분 먼저 떠올리는 것이 페킹덕, 즉 북경오리구이가 아닐까? 베이징에 왔는데 페킹덕을 안 먹고 가면 뭔가 아쉬움이 남는다는 느낌일 것이다. 베이징에 왔는데 만리장성이나 자금성을 안 가면 아쉬운 것처럼. 하지만 개인적인 취향만 따진다면 나에게는 양꼬치가 베스트 요리다.

수많은 일본인이 닭꼬치를 좋아하듯이 수많은 중국인이 양꼬치, 즉 양러우추알을 즐긴다. 그래서 시내 어딜 가도 양러우추알을 먹을 수 있는 곳은 많다. 내가 중국에 처음 온 1996년에만 해도 길거리에서 엄청난 연기를 피우는 양러우추알 노점상이 즐비했다. 기다란 철제 구이대를 놓고 그 안에 숯을 가득 채우고 철제망 위에는 양꼬치 수십 개를 늘어놓고 연신 큰 부채 또는 선풍기 바람을 이용해 고기를 빨리 익힌다.

양꼬치는 양고기를 많이 생산하는 내몽골과 신장 지역에서 유명하다. 우즈베키스탄 등 중앙아시아와 터키까지 양고기를 먹는 초원 지역에서 보편적인 요리다. 그래서인지 노점상 중에 신장 사람들이 많다. 대부분 수염을 기르고 동그란 원통형의 무슬림 모자를 쓰고 있으므로 한눈에 구별된다. 양꼬치 하나에 살코기가 3개, 비계가 2개 정도의 비율로 꽂혀 있다.

펑마오 식당의 꼬치구이

이게 0.5위안 아니면 비싸 봐야 1위안 정도의 가격이었다. 10줄을 사도 우리 돈 1천 원이 안 되었다. 당시 같이 어학연수를 하던 룸메이트와 밤에 출출하면 자전거를 타고 나가 한 손에는 양꼬치 10줄, 다른 한 손에는 연경 맥주를 들고 서서 양꼬치를 즐겼다.

그런데 몇 년 사이에 정부의 공기 질 개선 정책과 도시 미관 및 위생 문제로 인해 노점상을 강력히 단속하여 그 많던 양꼬치 노점상이 싹 사라졌다. 양꼬치를 팔던 신장 젊은이들은 다른 일자리를 찾았는지 고향으로 다 돌아갔는지 모르겠다. 어쨌든 학교 출입구나 버스 정류장 근처에 마치 호떡집 불난 듯 엄청난 흰 연기를 뿜어대며 양꼬치를 구워내던 그 정경은 이제 베이징에서 볼 수 없게 되어 상당히 아쉽다.

27년이 지난 지금 중국은 이제 현대화되었다. 내가 자주 가는 양꼬치 집은 펑마오카오추알(豐茂烤串)이라는 체인점이다. 이 체인의 창업자는 윤용철이라는 조선족이다. 학교를 졸업하고 우리로 치면 동네 새마을금고에 취직했다. 특유의 성실함으로 남보다 먼저 출근해서 늦게 퇴근했지만 돌아온 건 고작 월급 200위안과 자기보다 게으른 동료가 우수사원상을 받았다는 소식이었다. 당시는 1990년대 초반이었는데 개혁개방의 열기가 지방까지 퍼지면서 철밥통 직장인들이 너도나도 직장을 때려치우고 창업을 하여 큰돈을 벌어보려는 분위기가 팽배했다.

윤 씨도 옌지에서 10평짜리 가게를 빌려 양꼬치 식당을 열었다. 마침 가게 건너편에 아내가 점원으로 일하던 '펑마오' 복장점(옷가게)에서 이름을 따 식당 이름을 펑마오카오추알로 붙였다. 풍성하고 번성한다는 뜻이다. 그의 사업은 성공 가도를 달렸다. 연기를 재빨리 빼기 위해 배기관을 직접 설계하여 설치하고 손님이 꼬치를 자꾸 뒤집지 않고 골고루 굽기 편하게 자동으로 뱅글뱅글 돌아가는 기계도 개발했다. 식사 중 식탁이 지저분하게 되는 것을 막으려고 다 먹은 꼬치와 휴지 등을 깔끔하게 버릴 수 있도록 휴지통을 내장한 식탁을 만들었다. 식탁에 별도의 서랍을 설치하여 젓가락과 휴지, 핸드폰 충전기, 이쑤시개, 비법 양념 등을 비치하여 고객이 언제든지 편하게 꺼낼 수 있도록 했다. 여기서 비법 양념이란 큐민, 고춧가루, 소금, 후추 등을 섞은 것으로 꼬치에 뿌려서 굽거나 구운 꼬치를 찍어서 먹는 데 이용한다. 매운 정도별로 3종류를 소분 포장을 해서 서랍에 비치했다. 이 양념은 같은 조선족인 윤 씨 부인이 직접 개발했다. 장사 초기에는 부부가 새벽같이 일어나 남편은 시장에 싱싱한 양고기를 사러 가고 부인은 큰 가마솥에 참깨 등 갖은 재료를 넣은 양념을 볶았다고 한다. 현재 펑마오카오추알은 옌지와 동북 지방을 넘어서 베이징, 상하이, 선전 등 전국 각지에 60개의 직영점을 거느린 중소기

세 가지 종류의 꼬치구이 양념

업이 되었다.

　나도 한 달에 한 번은 먹으러 갔다. 양꼬치의 가격이 6위안으로 옛 노점상과 비교해서 몇 배나 올랐고 고기 크기는 작아졌다. 하지만 여전히 맛있다. 사이드 메뉴로 된장찌개를 비롯해 양고기를 뽀얗게 끓여낸 탕 국물에 간장 양념으로 간을 맞추어 밥을 말아 먹는 양탕, 냉면의 뜨거운 버전으로 옥수수면을 쓰고 국물의 풍부한 조미료 맛이 일품인 온면도 맛있다. 자주 가다 보니 선불 충전 회원에도 가입했다. 중국 식당 대부분은 큰 금액을 한 번에 내고 할인 혜택을 주는 선불 충전 제도가 있다 1,000위안을 한 번에 충전하면 150위안을 더 얹어 주던지 30위안 할인권 10장(총 300위안 할인)을 받는다. 나는 할인권을 선택했다. 400위안어치를 먹으면 할인권을 2장을

펑마오의 메뉴

사용해 340위안만 내면 된다. 할인권이 금액적으로 유리하지
만 고객을 여러 번 오게 만드는 상술이다. 하지만 소비자의 경
우 확실히 다 써버릴 수 있다면 회원 가입을 하는 게 유리하다.

그러면 양꼬치 다음으로 맛있는 메뉴는? 역시 카오야다.

카오야도 비싼 고급식당을 굳이 찾지 않고 비엔이팡(便宜坊), 스지민푸(四季民福) 등 체인점을 가면 중상급 이상의 맛을 즐길 수 있다. 가격도 1마리당 200~250위안 수준으로 합리적이다. 다음 맛있는 요리는 으로는 중국식 샤브샤브인 휘궈다. 우리나라에도 진출해 있는 하이디라오(海底撈)나 샤부샤부(呷哺呷哺) 등 유명 체인점에 가면 된다. 한때 휘궈 붐이 일어나 많은 체인이 난립했는데 최근 2~3년간 들어오면서 대폭 정리가 되었다. 휘궈 열기가 사그라지면서 하이디라오의 매출도 예전만 못하다. 가맹점 수가 계속 늘기만 하다가 최근 3년 전부터 줄어들고 있다. 결론적으로 베이징에서 양꼬치, 구운 오리고기, 샤브샤브를 먹었다면 한국에 돌아가서 베이징 미식

다양한 중국 차와 차 마시는 법 체험

여행은 이런 거라고 말할 수 있는 자격이 될 것이다. 그리고 베이징에는 중국의 차 문화를 배울 수 있는 장소와 기회가 많다. 다양한 지역의 여러 차를 맛보고 본인에게 맞는 차를 골라서 한국에 사 오는 것도 중국 여행의 맛이다.

란저우 우육면,
한국에서도 잘 팔릴까?

란저우 뉴러우미엔(蘭州牛肉麵)은 내가 손에 꼽을 만큼 좋아하는 중국 음식 중 하나다. 우리 발음으로 난주 우육면은 그 기원이 당나라 시대까지 거슬러 올라가지만 현재 먹는 형태의 우육면은 청나라 가경제(嘉慶帝, 1799년) 때부터 시작된 것이라고 한다. 당시 하남성에 살던 마류치(馬六七)라는 사람이 한 식당에서 제조법을 배워 란저우에 옮겨와 식당을 열었다. 그 후계자들이 통일된 표준 레시피를 정립했다. 후계자는 마씨 성의 친척이 많았다. 그래서 몇백 년이 흐른 지금도 우육면 가게 이름이 '마'로 시작하는 곳이 많다. 표준 레시피란 소위 '一

란저우 우육면

淸(맑은 탕), 二白(하얀 무), 三綠(푸른 고수와 쪽파), 四紅(붉은 고추기름), 五黃(연한 누런 빛의 면)'이라는 것이다. 더도 말고 덜도 말고 우육면에 들어가는 재료의 전부다.

중국의 서북 지방인 간쑤성 란저우시에만 우육면 집이 3,700개가 있다고 한다. 한 가게에 점원이 5~10명은 될 터이니 우육면으로 먹고사는 사람이 수만 명은 된다. 원조인 란저우뿐만 아니라 베이징을 포함한 중국 전역에 우육면 집이 널려 있다. 심지어는 미국, 유럽, 일본 등지에도 우육면 집이 진출해 있다. 집 근처에 있는 가게부터 시작해서 베이징에서 제일 맛있다는 집까지 일부러 차를 몰고 30분이나 가서 먹어 본적도 있는데 기본적인 맛이나 재료는 표준 레시피를 사용하기 때문에 크게 차이가 나지 않는다. 하지만 국물의 짠 정도, 면의 탄력성, 고추기름의 품질이 제각각이므로 이런 것들이 종합적으로 전체적인 맛의 수준을 결정하게 된다.

먼저 국물부터 보면 거의 투명한 색깔이다. 하지만 한국의 맑은 소고기 국물과 비교하면 훨씬 진하고 깊은 맛이 난다. 맛은 한국에 비해 더 짜다. 가게에 따라 많이 짠 곳도 있다. 국물의 염도는 사람마다 기호가 다르므로 우육면 가게에는 대부분 끓인 물을 받을 수 있는 열수기가 비치되어 있다. 너무 짜

전형적인 우육면 가게

면 물 타서 먹으라는 뜻이다. 국물 맛을 내려면 인공 조미료는 빠질 수 없다. 아내도 여러 곳에서 여러 번 우육면을 먹어 보더니 전반적으로 조미료 맛이 너무 강하지 않냐고 한다. 하지만 필자의 지론은 '조미료를 쓴' 맛있는 음식이 '조미료를 안 쓴' 맛없는 음식보다 낫다는 거다. 육수는 사골, 생강, 계피, 정향, 화자오(꽃고추) 등을 넣어 그 가게만의 국물을 우려낸다. 조미료와 소금만 가지고 깊은 맛을 내기는 어렵다. 나름다 비법이 있을 것이다.

사실 한국인들은 이 국물만 가지고도 충분히 만족하는데 중국인들은 여기에 고추기름을 듬뿍 넣어 먹는다. 밥 먹는 수저 기준으로 몇 숟갈씩 넣어서 거의 면 그릇 전체가 빨간색으로 뒤덮일 정도로 만들어 먹는 사람도 보았다. 고추기름이 맛있긴 하지만 많이 넣으면 음식 전체의 균형이 깨지기 때문에 나는 처음 반 그릇 정도는 맑은 국물로 먹고 나머지 반은 고추기름을 적당히 뿌려서 먹는다.

면은 굵기에 따라 여러 종류가 있으므로 주문할 때 손님이 그 굵기를 미리 알려줘야 한다. 보통 많이 먹는 것이 얇은 순서대로 시미엔(細麵), 산시(三細), 알시(二細)다. 산시는 세 번 반죽을 늘렸다는 뜻이므로 알시보다 더 얇다. 나는 이보다 더 얇은 시미엔을 고른다. 면을 미리 만들어 놓지 않는 게 핵심이다. 면이 퍼지면 맛이 없으므로 고객이 주문해야 비로소 면을

고추기름을 많이 넣은 우육면

우육면을 만드는 재료들

뽑고 삶는다. 그래서 일반적인 중국 식당과 달리 식당 입구로 들어가자마자 별도로 결제 카운터가 있다. 설명을 보태면 요즘 대부분 중국의 식당은 자리에 앉아서 테이블에 붙어 있는

QR코드를 휴대전화로 스캔해서 주문하고 결제까지 끝낸다. 우리처럼 나갈 때 카운터에서 계산하지 않는다. 식당 입장에서는 주문 오류도 없고 계산을 했는지 확인할 필요도 없고 주문받는 직원 인건비도 절약하는 등 일석삼조다. 그런데 고객 측면에서는 휴대전화 화면이 너무 작고 그 안의 음식 사진이 작아 노안이 있는 사람들은 잘 보이지 않을 것이다.

우육면 집에서는 시스템이 좀 다르다. 카운터에서 주문하고 돈을 내면 주문 내역이 적힌 종이를 준다. 이걸 들고 주방으로 가 주방장에게 건네면서 면 굵기를 알려주면 면을 만들기 시작한다. 순식간에 늘려 만든 면을 뜨거운 물에 몇십 초 담갔다가 건져낸 후 미리 준비한 소고기 조각이 들어 있는 그릇에 담는다. 면이 담긴 그릇에 무를 넣고 끓인 국물을 붓고 그 위에 잘게 다진 고수와 쪽파를 얹어서 낸다.

면의 양은 한국에 비해 50퍼센트 정도 많은 편이다. 성인 남자들은 한 그릇을 혼자 먹지만 우리 집의 경우 아내와 딸은 둘이 나눠 먹는다. 한 그릇의 면과 국물을 모두 먹으면 배가 꽉 찬다. 우육면을 먹을 때 빠질 수 없는 게 있다. 량차이(凉菜)와 양꼬치다. 량차이는 일종의 반찬 겸 샐러드인데 신선한 오이나 샐러리, 땅콩, 건두부, 목이버섯 등을 고추기름에 무친 것이다. 보통 세 종류를 고르면 15위안 정도다. 또 우육면 식당은 대부분 양꼬치를 같이 판다. 기본 가격의 우육면에는 소고기가 얼마 안 들어가므로 10~15위안 더 내고 고기를 추가하거나 개당 5위안짜리 양꼬치 3~4개를 따로 주문해서 먹는다. 양꼬치가 더 궁합이 맞는 것 같다.

특이한 것은 우육면에 필수적인 고추기름은 음식점 자체 제조가 많다. 그래서 카운터에서 라벨을 붙여 제대로 포장한 고추기름 병을 30~40위안 정도의 가격으로 따로 파는 가게가 대부분이다. 우리나라도 칼국수 집의 맛은 김치 겉절이 맛만 봐도 알 수 있듯이 중국에서는 고추기름이 그 집 우육면의 수준을 결정하는 듯하다.

중국은 가히 면의 나라라 말할 수 있다. 사천의 단단미엔은 맵고 얼얼하면서도 작게 으깬 땅콩이 별미고, 충칭 샤오미엔은 국물이 적고 청경채를 많이 넣은 강렬한 매운맛이고, 역시 충칭의 완자미엔은 간 완두콩과 소고기 민스에 매운 소스로 범벅된 독특한 맛이고, 베이징의 자장미엔은 한국에 비해 단맛은 거의 없고 짠맛이 강하고, 쑤저우 면은 간장 베이스로 약간 달면서 맑은 국물에 새우, 버섯 등의 토핑을 얹었다. 그중에 우육면이 제일 한국 사람 입맛에 맞는 듯하다. 전날 밤에 술을 많이 먹었다면 아침 해장으로도 좋다.

우육면은 한국에 진출해도 인기가 많을 것 같다는 생각이 들었는데 실제로 몇 년 전부터 란저우식 우육면집이 생기기 시작했다. 직장인들 점심 한 끼로 일본식 라멘에 뒤질 것이 없다고 생각한다. 중국 음식이 시차를 두고 한국에서 유행했다. 초기에는 중국식 샤부샤부인 훠궈, 그다음에는 마라샹궈, 이어서 마라탕과 탕후루까지. 과연 다음에는 란저우 우육면이 그 바통을 이어받을까?

'차'의 나라가
'커피'의 나라로?

현대 중국은 뭐든지 발전 속도가 빨라서 가만히 지켜보자면 정신이 없을 지경이다. 싱가포르 같이 경제 규모가 작은 나라면 그럴 수도 있다고 하겠지만 인구 14억 명에 GDP 규모가 18조 달러를 넘는 거대한 경제가 급성장하는 것은 보통 일은 아니다. 중국인들이 스테이크를 많이 먹기 시작하면서 전 세계 소고기 가격이 오르고 피자를 한창 먹기 시작하면서 치즈 가격이 폭등한다는 얘기는 이제 새로운 뉴스도 아니다. 그런데 최근 10년간 눈에 띄게 성장한 것이 중국의 커피 시장이다.

중국의 명차로 알려진 보이차

  최근에는 중국이 자랑하는 마오타이주가 들어간 커피가
화제도 되기도 했다. 중국 최고의 바이주(白酒) 회사인 마오
타이와 중국 최대 커피 전문점 체인인 루이싱커피가 합작하
여 '장향(醬香)라테'를 출시했다. 중국의 바이주는 진한 순으
로 醬香, 濃香, 淸香으로 나뉘는데 마오타이주는 장향주에 속
한다. 가격은 38위안(한화 7,600원)인데 출시 첫날에만 540
만 잔 이상이 팔렸다고 한다. 중국에서도 도수가 높은 술 판매
가 전반적으로 줄어드는 추세다. 바이주는 알코올 도수가 대
부분 53도다. 커피를 좋아하는 청년층에게 바이주의 맛을 소
개하고 소비를 유도하기 위해 바이주 회사들이 이렇게 필사적

다양한 중국차

이구나 하는 생각이 들었다.

　다 아는 얘기이지만 차 문화가 생활의 일부인 중국 아닌가? 대체로 나라마다 생활 수준이 높아지면 커피 소비량이 같이 늘어난다는 것은 우리나라를 보면 잘 알 수 있다. 하지만 몇천 년을 내려온 중국의 차 문화가 커피 문화로 쉽게 대체되지는 않을 것이라고 많은 이들이 예측했었다. 그런데 최근 몇 년간 엄청난 규모로 성장하고 있다. 중국의 커피 시장 규모는 2017년 434억 위안 우리 돈 9조 원에서 불과 5년 후인 2022년에 2,007억 위안 우리 돈 40조 원으로 4배 이상 성장했다. 매년 36퍼센트씩 증가한 셈이다. 업계에서는 2025년에 약 3,700억 위안 우리 돈 74조 원까지 올라갈 것으로 예상한다 (한국무역협회 베이징지부 '최근 중국의 커피시장 및 수출입

동향(2024. 1. 24.)' 참조).

커피 전문점 수는 2012년 3만 2천 개에서 2023년 말 13만 개로 늘어났다. 점포 수 1위 브랜드인 루이싱커피(luckin coffee, 瑞幸咖啡)는 13,300개, 2위인 스타벅스는 6,900개다. 중국 토종 브랜드가 스타벅스를 제치고 1위를 차지하는 것도 놀라운 일이지만 루이싱커피가 설립된 지 단 6년 만에 1위를 차지했다는 것은 더욱 놀라운 일이다.

루이싱커피의 맛은 어떨까? 글로벌 브랜드 커피에 비해 나쁘지 않았다. 가격이 스타벅스의 반값 수준이라는 걸 감안하면 충분히 가성비가 좋다. 그런데 단점은 루이싱커피는 대부분 테이크아웃 매장이다. 스타벅스처럼 오래 앉아서 대화를 나누거나 노트북 작업을 하거나 독서하는 공간이 거의 없다. 임대료 부담을 줄이면서 오직 커피 하나로만 승부한다는 콘셉트다. 그래서 초기 창업 자본이 적게 드니 매장 수도 급격히 늘릴 수 있었을 것이다.

중국에는 베이징, 상하이, 광저우, 선전 같은 초대형 대도시를 1선 도시, 그다음 규모인 청두, 충칭, 항저우 등 도시를 2선 도시, 차례로 3선과 4선 도시로 나눈다. 커피 전문점 매장 수도 상하이가 단연 1위인 8,500개다. 뉴욕, 런던, 도쿄보다 많다. 광저우 5,700개, 베이징 5,100개의 순이다. 그런데 3선과 4선 도시의 전문점 수의 증가율이 전년 대비 각각 78퍼센트와 74퍼센트로 1선, 2선 도시를 능가한다. 향후 중국의 커피 시장의 성장세가 더 광범한 지역과 더 많은 연령대로 확대될 것이라는 애기다.

재미있는 것은 도시별 매출 1위 커피 브랜드가 다르다는 사실이다. 베이징과 상하이는 스타벅스고, 광저우, 선전, 청두는 루이싱커피다. 베이징과 상하이는 이미 1인당 GDP가 3만 달러를 넘었다. 아무래도 스타벅스가 가격이 높으므로 더 부유한 도시에서는 스타벅스에 대한 선호도가 높은 것 같다.

전 세계에서 커피 소비량이 가장 많은 나라는 2022년 기준 미국 161만 톤, 브라질 135만 톤, 일본 48만 톤, 필리핀, 캐나다, 인도네시아, 중국 28만 톤 순이다. 중국이 일본을 제치고 세계 3위에 오르는 날이 곧 올 것으로 보인다. 이렇게 국내 수요가 늘어나니 외국에서 커피를 수입할 수밖에 없다. 중국은 2022년 9억 달러 우리 돈 1조 3천억 원의 커피를 수입했다. 수입하는 커피는 생두, 원두, 커피믹스와 같은 조제품 등 3가지로 크게 나뉜다. 수입액은 각각 5억 달러, 2억 달러, 2억 달러 수준이다. 생두를 볶은 것을 원두라고 한다.

생두는 금액 순서대로 에티오피아, 콜롬비아, 브라질, 베트남에서 많이 수입하고, 원두는 말레이시아, 이탈리아, 스위스, 미국, 일본에서 많이 수입한다. 생두가 아닌 원두를 생산하는 국가는 대부분 선진국이다. 왜냐하면 커피의 맛은 로스

팅이 결정하기 때문이다. 생두를 어느 정도의 온도에서 얼마 동안 어떻게 볶느냐에 따라서 커피의 풍미가 달라진다. 그래서 선진국들은 볶지 않은 생두를 수입해서 각자의 노하우를 투입하여 원두로 만들어서 다른 나라에 수출하는 것이다. 조제품은 말레이시아, 베트남, 일본, 한국 순이다. 한국의 커피믹스가 중국에 많이 수출되고 있다는 증거다. 설탕과 크림이 많이 들어가 다디단 한국 커피믹스가 중국에서도 인기가 많다.

중국이 커피를 수입만 하는 것은 아니다. 이제는 커피를 재배해 수출하는데 2022년에는 2억 달러를 수출했다. 수출의 대부분은 생두가 차지하는데 주 생산지가 중국 남서부의 윈난성이다. 나는 집에서 에스프레소 머신으로 커피를 즐기는데 윈난산 원두도 사용해 봤다. 가성비가 나쁘지 않다. 윈난성은 브라질, 콜롬비아 등과 위도와 기온 등 기후조건이 비슷하고, 토양도 커피 생육에 적합하다고 한다. 중국에서 고품질의 생두 재배시스템이 구축된다면 글로벌 시장에서 중국산 커피가 점유율을 높일 가능성이 있다. 이 글을 읽는 독자들도 기회가 되면 윈난 커피를 한번 맛보기 바란다.

뼈를 때리는
중국의 명언들

흔히 듣는 말이 중국에서 비즈니스를 잘하려면 먼저 중국 사람들과 꽌시를 잘 맺어야 한다고 한다. 꽌시는 어떻게 형성할까? 술 몇 번 같이 먹고 선물 몇 번 준다고 단기간에 꽌시가 형성되지는 않을 것이다. 추측하자면 중국인들은 상대방의 됨됨이와 능력, 성격, 환경, 말과 행동 등을 종합적으로 오랜 기간 관찰한 후 본인과 꽌시를 형성할 수 있는 사람인지 아닌지 판단하는 것으로 보인다. 그만큼 사람을 보는 눈이 깊이가 있다. 아마 중국은 예전부터 사람 수가 많아 한정된 자원을 놓고 경쟁이 치열하고 자연재해, 전쟁, 약탈 등 고난을 많이 겪었

중국 산싱두이 박물관의 고대 가면　　　중국 산싱두이 박물관의 고대 유물

기 때문에 인간을 보는 눈과 인간관계를 형성하는 법이 장기적이고 신중하지 않나 싶다.

　　우리가 아는 공자의 논어도 기실은 엄청난 철학 이론이 아니라 사람이 조직과 사회생활을 하면서 어떤 태도를 갖고 어떻게 인간관계를 맺어야 하는지 조언을 모아 놓은 실용적인 처세술 책이라고도 볼 수 있다. 논어에 나오는 인간관계에 대한 명언을 몇 개 소개한다.

吾日三省吾身, 爲人謀而不忠乎, 與朋友交而不信乎, 傳不習乎.

나는 날마다 세 가지를 반성한다. 남을 위해 진심을 다하지 못한 것, 친구와 사귈 때 신의를 다하지 못한 것, 배운 것을 실천하지 못한 것.

無友不如己者, 過則勿憚改.

나보다 못한 사람과 친구가 되지 말고 잘못했으면

바로 고치는 것을 꺼리지 마라.

不患人之不己知, 患不知人也.

남이 나를 알아주지 못할까 걱정하지 말고

내가 남을 알아주지 못할 것을 걱정하라.

君子周而不比, 小人比而不周.

군자는 서로 조화를 이루고 편파적이지 않지만

소인은 편파적이고 조화를 이루지 못한다.

德不孤必有隣.

덕이 있는 사람은 외롭지 않고 반드시 이웃이 있다.

事君數斯辱矣, 朋友數斯疎矣.

임금에게 자주 간언을 하면 욕을 당하고

친구에게 자주 충고를 하면 관계가 멀어진다.

君子故舊無大故則不棄也, 無求備於一人.

군자는 오래 같이 일 한 사람은 큰 잘못이 없으면 버리지 않고,

한 사람이 모든 능력을 갖추기를 바라지 않는다.

여기 나오는 조언들이 과연 2천 년 전에 쓰인 말들이라고 믿을 수 있을까? 현대를 사는 우리들이 직장에서의 인간관계, 친구와의 교류 등에서 금과옥조로 삼을 만한 생생하고 현실적인 말들이 아닌가 싶다. 이 중에서도 특히 잘못을 저질러도 바로 고치고 다음에는 실수하지 말라, 아무리 친구라도 잔소리를 자주 하면 관계가 멀어진다, 덕이 있는 사람은 주위가 쓸쓸하지 않을 것과 같은 말은 특히 가슴에 닿는다.

중국에서 지도자를 뽑을 때도 마찬가지다. 공산당 지도자들을 뽑을 때는 혹독한 훈련과 경쟁 과정을 거친다. 반드시 지방 특히 낙후된 지역의 지도자를 거쳐야 중앙의 최고지도자가 될 수 있다. 시골의 못사는 사람들, 못 배운 사람들과 동고동락하면서 사회적 약자들을 보듬고 세상을 넓고 크게 보는 눈을 기르라는 취지일 것이다. 능력뿐만 아니라 덕성과 품성이 함양되어야만 지도자가 될 수 있다는 무언의 규칙 내지는 공통적 인식이 있는 것으로 보인다.

대사관에서 같이 근무했던 어느 한국 외교관의 말에 의하면 우리나라는 국장급 레벨에서 소위 말하는 이상한 성격의 사람(꼴통이라는 표현을 자제한 듯)이 부처마다 몇몇은 있는데 중국 중앙정부의 부국장급 이상이 되면 성격이 이상한 사람이 하나도 없다고 한다. 중국은 우리와 같은 고등고시 제도가 없다. 우리나라는 행시에 합격하면 바로 5급에서 시작한다. 중국의 모든 공무원은 말단 실무직부터 시작한다. 오랜 기간 실무 경험과 인간관계와 덕성 함양이 자연스럽게 훈련되는 것이다. 주위 사람들과 어울리지 못하고 성격적으로 문제가 있는 사람은 이미 도태되어 고위 의사결정권자 자리에 올라가지 못한다. 개인적인 의견이지만 중국에서는 능력이 덕성을 앞서는 사람보다는 덕성이 능력을 앞서는 사람이 더 선호되는 것 같다.

중국 영화나 드라마를 봐도 주인공이 조직 내에서 인간관계 때문에 중요한 일이나 사업을 그르치고 어떻게 결정할지 마음속으로 심한 고민을 하는 장면들이 여럿 나온다. 영화는 픽션이지만 결국 현실의 반영이기 때문에 단순히 허구라고 치부할 일은 아니다. 스토리텔링은 현실 생활의 사실관계를 정확히 반영하지 못하면 리얼리티가 떨어져 재미가 없다. 우리나라와 비교를 한다면, 예를 들어 어떤 큰 사건이 벌어졌을 때 중국의 주인공들은 정의 또는 대의의 실현도 중요하지만 자기의 말과 행동 때문에 다칠 수 있는 주변 사람들 걱정을 먼저 한다. 우리나라의 주인공들은 주변 사람들은 말할 것도 없고 자기 자신도 불사르며 거침없이 정의 실현에 나선다. 확실히 차이가 있다.

약간 다른 얘기이지만 중국 영화나 드라마에 나오는 악인도 철저히 100퍼센트 악한 인간이 아니다. 2023년 초 중국에서 선풍적인 인기를 끌었던 드라마 '쾅뱌오(狂飈)'에서 주인공은 몇 평짜리 생선 가게에서 시작해 큰 기업을 일군다. 사업에 조폭을 동원하고 범죄도 저지르지만 지역 사회의 봉사자로 주민들의 칭송을 받는다. 가족들과 부하들도 잘 챙긴다. 중국에서는 인간관계도 복잡하지만 한 인간 속의 내면도 복잡하다. 일직선으로 자를 하나 세워놓고 왼쪽은 흑색, 오른쪽은 백색이 아니다. 중국은 여러모로 복잡하다.

　　결론적으로 중국에서 사람이 사람을 보는 눈은 장기적이고 예리하고 심층적인 면이 있다. 전문성이 중요하지만 충성심도 있어야 하고 경험이 중요하지만 결국 인간의 본성이 좋아야 한다. 오래된 일이지만 내가 유학했던 중국의 대학 지도 교수께서 제자들과의 식사 자리에서 이런 말을 한 적이 있다. '做人最重要'. 먼저 사람이 되는 것이 가장 중요하다는 뜻이다. 반쯤은 덕성이 부족한 나에게 들으라고 한 말일 것이다.

중국에서
가장 좋은 대학은?

    세계적으로 보면 한국, 일본, 미국, 영국과 같이 대학이 서열화되어 있어 명문 대학이 존재하는 나라가 있고, 프랑스와 독일 등 유럽 대륙과 같이 대학이 평준화된 나라가 있다. 중국은 전자에 속한다. 중국은 새로운 학년을 유럽과 미국처럼 9월에 시작하기 때문에 우리의 수능과 같은 '까오카오(高考)'를 전국에서 6월에 같은 날짜에 치른다. 인생을 좌우하는 시험이라서 관심도와 화제가 우리의 수능에 비견된다. 재밌는 일도 생긴다. 시험 당일 아침 어느 학생이 화장실에서 용변을 보다가 그만 신분증을 변기에 빠뜨려 분실하는 일이 있었다. 신분증이 없으면 시험장에 입장할 수 없으므로 시험을 못 치르게 되자 경찰에 연락했는데 경찰이 단 1시간 만에 임시 신분증을 만들어줘 무사히 시험을 치를 수 있었다는 미담 사례도 있다.

중국의 최고 명문대는 어디일까? '루완커(軟科)'라는 고등교육 평가 기업의 조사에 의하면 2023년 순위는 다음과 같다. 1위 청화대학, 2위 북경대학, 3위 절강대학, 4위 상해교통대학, 5위 복단대학, 6위 남경대학, 7위 중국과학과기대학, 8위 화중과기대학, 9위 무한대학, 10위 중산대학의 순이다. 순위는 매년 바뀌니 참고만 할 뿐이고 중국에서 가장 우수한 대학을 공식적으로 인정하는 기준은 '985' 대학과 '211' 대학에 들어가는가 하는 여부다.

985 프로젝트란 1998년 5월에 당시 장쩌민 국가주석이 북경대학 개교 100주년 기념식에 참석해 '중국의 선도 대학을 세계 선진 수준의 일류대학으로 육성해야 한다'라고 말해 시작된 프로젝트다. 처음으로 985 프로젝트에 포함된 대학이 위의 순위 10위 안에 있는 청화, 북경, 절강, 상해교통, 복단, 남경, 중국과학과기대학 등 7곳과 10위권 밖의 서안교통, 하얼빈 공업대학 등 2곳을 합친 9개 대학이었다. 당연히 이 대학들에 정부의 막대한 예산과 인력 지원, 행정 지원 등이 이루어졌다.

985 대학은 차츰 늘어나 2024년 현재 전국에 39개다. 4년제 대학과 전문대학을 모두 포함하면 전국에 대학이 3,072개

있다고 하니 985 대학은 거의 상위 1퍼센트 대학이라고 할 수 있다. 2019년 기준으로 985 대학의 입학 정원을 합치면 15만 명이다. 2000년에 태어난 인구수 1,900만 명 대비 0.8퍼센트에 불과하다. 청화대학과 북경대학 두 대학의 입학 정원을 합치면 6,600명인데 이는 2000년 출생 인구수 대비 0.03%에 해당한다. 1만 명 가운데 3명이다. 전교 1등은 고사하고 한 성에서 100등 안에 들어야 청화나 북경대학에 들어갈 수 있다는 말이 과언이 아니다. 참고로 중국의 성급 행정구역은 31개고, 광동성은 인구가 1억 명이 넘는다. 985 대학이 제일 많이 위치한 도시는 어디일까? 베이징에 8곳, 상하이에 4곳, 난징 2곳, 우한 2곳 등의 순이다.

211 프로젝트는 1995년에 시작되었는데 21세기까지 100곳의 선진대학을 만들겠다는 목표에서 그 명칭이 유래되었다. 985와 마찬가지로 국가의 지원을 받는다. 다만 숫자가 좀 많은데 전국에 112개가 있다. 211 대학의 입학 정원은 46만 명으로 2000년 출생 인구수 대비 2.4퍼센트 수준이다. 985와 211은 중첩되기도 한다. 중국 최고의 명문대인 청화대학은 985 대학이자 211 대학이다.

중국의 고등교육 역사를 보면 특이한 점이 있다. 문화대혁명의 광풍으로 중국은 1966~1976년까지 대입 시험이 없었다. 모택동이 사망하고 등소평 체제가 들어서면서 1977년 말

(1978년 입학생 모집) 대입 시험이 부활했다. 문화대혁명 때는 현대사회에서 유례를 찾아보기 힘든 어처구니없는 일들이 많이 벌어졌다. 그중에서도 대학입시를 폐지한 것은 나중에 큰 후유증을 남겼다고 많은 중국인이 입을 모은다. 우수 인재가 고등교육을 받을 수 없어 국가경쟁력이 대폭 떨어지고 일반인들의 교양 수준도 함께 떨어졌다. 일반화하긴 어렵지만 중국 젊은이들이 이 당시 대학을 못 간 현재의 60~70대 노인들이 교양이 별로 없다고 불만을 토로하는 얘기를 들은 적이 있다.

개혁개방 고도화 시기에 들어서면서 중국 정부는 장기적인 경제발전에 고등교육이 중요하다는 것을 인식하였다. 정부는 2천년대 들어와 대학 정원을 급격하게 늘리기 시작했다. 1998년 108만 명에 불과했던 전체 정원이 2007년에는 566만 명, 2022년에는 10배인 1,014만 명까지 늘어났다.

연도	입시지원자(만 명)	정원(만 명)	합격률(%)
1977(입시 부활)	570	27	5
1985	176	62	35
1995	253	93	37
1998	320	108	34
2003	613	382	62
2007	1,010	566	56
2012	915	685	75
2022	1,193	1,014	85

2022년에는 응시자 대비 합격률이 85퍼센트에 이르렀다. 이제는 매년 대학 졸업자 수가 천만 명을 넘는다. 중국 인구가 14억 명이니 매년 대학 이상 학력 보유자가 0.7퍼센트씩 증가한다. 중국 정부가 학력 제고를 위해 몇십 년 동안 노력했으나 아직 중국 전체 인구 중 대학(전문대 포함) 이상 학력 보유자는 15퍼센트에 불과하다. 중국에서 고학력자들이 가장 많이 산다는 베이징시도 대학 이상 학력자가 40퍼센트에 불과하다. 앞에서 얘기한 문화대혁명 기간 중 대학입시 중단이 후대에 돌이킬 수 없는 악영향을 끼쳤고 정부의 대학 입학 정원 확대가 너무 늦게 시작된 것이 원인으로 꼽힌다.

역설적인 것이 최근에는 대학 졸업자가 너무 많아 대학을 졸업해도 취직이 어렵다고 한다. 우리나라처럼 대학 졸업자는 힘든 일은 피하고 조금 더 편하며 연봉이 더 높은 직장을 찾는다. 그런데 중국도 정보통신화, 공장 자동화 추세로 물리적으로 사람이 필요한 일자리는 점점 줄고 있다. 졸업하자마자 실업자가 되는 걸 일단 피하려고 최근 몇 년간 많은 학생이 대학원에 진학한다. 대학원 입시 경쟁률이 높아진 이유다. 하지만 이들이 석박사를 따고 졸업해도 취직이 쉬워진다는 보장은 없다.

중국의 2023년 출생 인구가 902만 명으로 사상 최저를 기록했다. 만약 현재의 입학 정원이 유지된다면 이들이 대학입

시를 치르는 18년 후에는 원하는 사람은 모두 대학에 갈 수
있다. 대학이 경쟁력을 가지려면 입학 정원을 줄이거나 학교
자체를 통폐합해야 할 것이다. 우리나라도 이미 입학 정원보
다 응시자가 적어 지방대학의 통합 또는 폐교가 이어지고 있
다. 지나친 저학력 사회도 문제지만 지나친 고학력 사회도 문
제다.

중국인은
어떤 사람들인가

    우리나라 사람에게 중국인은 어떤 이미지로 그려지고 있는지 돌아보자. 관광지나 공공장소에서 시끄럽게 떠들고 큰 소리로 전화하고 주위 눈치를 보지 않고 민폐를 끼치는 사람들인가? 분명 그런 면이 있다. 나 또한 지하철이나 엘리베이터에서 우리나라처럼 먼저 내리고 다음에 타는 불문율을 지키지 않고 불쑥 먼저 타는 사람들 때문에 당황한 적이 여러 번 있다. 중국에서 생활하다 보니 일견 이해도 된다. 지하철 출퇴근 시간에는 사람이 너무 몰려서 내리는 사람을 다 기다리다 보면 문이 닫힐 수도 있으니 일단 몸부터 집어넣자는 생각이다. 엘리베이터도 마찬가지다. 어떻게 보면 생존전략일 수도 있다. 사람은 주어진 환경에 최대한 적응해서 사는 것이 가장 유리하지 않은가? 그러면 중국 사람들은 평상시에도 이렇게 배려가 없는 사람들일까? 훈훈한 미담은 없나?

내가 직접 경험한 사례를 소개한다. 하루는 집 근처 양꼬치 식당에 혼자 밥을 먹으러 갔다. 평상시와 같이 공유자전거를 이용했다. 식사를 배부르게 잘했는데 음식이 좀 남았다. 중국에서는 음식 낭비를 줄이기 위해 남은 음식을 포장해서 가는 경우가 많다. 스티로폼 박스에 음식을 담아서 나왔다. 공유자전거 앞에 달린 바구니에 음식을 싣고 그 위에 휴대전화가 담긴 파우치를 올려놓았다. 보통 자전거를 탈 때 휴대전화 등 소지품을 옷에 넣으면 잘 빠지므로 작은 파우치를 들고

한국인과 중국인이 사랑하는 팬더

다니면서 그 안에 휴대전화를 넣는다.

2~3분쯤 자전거를 달렸을까? 파우치에 들어 있던 휴대전화가 보이지 않는다. 파우치의 지퍼를 꽉 채우지 않아 열려 있었던 데다가 평상시와 달리 파우치 밑에 음식 상자가 있었기 때문에 약간 울퉁불퉁한 길을 지나면서 휴대전화가 바구니 밖으로 튀어 나가 버린 것이다. 분실 사실을 아는 순간 등골이 싸늘해졌다. 중국에서는 휴대전화가 없으면 그 무엇도 할 수 없다. 휴대전화는 사면 되지만 데이터 복원, 앱 재설치 등 귀찮은 일들을 다시 해야 한다. 온 길을 되돌아가면서 아스팔트를 샅샅이 살펴보았지만 찾을 수 없었다.

일단 전화를 하기 위해서 식당으로 되돌아갔다. 직원의 전화를 빌려 내 전화번호로 걸어 보니 처음에는 '휴대전화가 꺼져 있다'는 메시지가 나왔다. 식은땀이 흐른다. 누군가 주워서 휴대전화 전원을 꺼버렸을 확률이 높다. 1~2분 후 다시 전화했다. 다행히 신호음이 울리고 누군가 전화를 받는다. 내가 휴대전화 주인이라고 말하니 자기는 경찰이고 지금 파출소에 있으니 찾아가라고 한다. 십 년 묵은 체증이 내려가는 느낌이었다. 파출소는 1분 거리도 안 되는 곳에 있었다. 바로 가서 휴대전화를 찾고 패턴을 푸니 경찰이 주인임을 믿고 돌려주었다. 경찰에게 누가 가져왔냐고 묻자 5분 전에 음식 배달원이 주워서 맡겼다고 한다. 그의 전화번호가 남겨져 있었다.

바로 배달원에게 전화해 연신 감사의 말을 전했다. 젊은 남성이었는데 자기는 당연한 일을 했을 뿐이라고 한다. 필자는 위챗의 송금 기능을 이용해 150위안(약 3만 원)을 보냈다. 그런데 위챗에서 수령이 거절되었다. 받는 사람이 확인 버튼을 눌러야 송금이 완료된다. 재차 전화를 걸어 이걸 받지 않으면 내 마음이 편치 않으니 꼭 받아달라고 부탁하자 그제야 그가 송금을 수락했다. 집으로 돌아오면서 중국에 선한 사람이 적지 않다는 것을 느꼈다. 사회 지도층이든지 하루 벌어 하루 먹고사는 육체노동자이든지 또는 학력 수준이 어떤지와 인간

자금성

의 도덕성은 별개인 것 같다는 생각도 들었다. 어쨌든 개인적으로 중국에 대한 이미지가 한 단계 업그레이드되는 사건이었다.

　미담 사례 하나를 더 소개한다. 나는 2016년에 박사학위 논문 답변을 위해 베이징을 방문했다. 학위 취득을 위한 마지막 절차다. 긴장된 마음으로 심사위원들 앞에서 발표하고 질문에 답했다. 길게만 느껴지는 시간이 지나고 심사위원장이 논문이 통과되었다고 선언했다. 일생에 한 번 있는 일이라는 생각에 정말 기뻤다. 답변 후 지도교수님과 박사 과정 학생들과 점심을 같이 먹었다. 필자는 식사 중간쯤에 나와서 음식값을 계산하려 했다. 그런데 식당 직원이 말하길 방금 교수님이 계산을 마쳤다는 것이다. 순간 놀라지 않을 수 없었다. 논문 답변하는 날 밥값을 학생이 아닌 교수가 계산하다니, 이런 일이 있나? 교수님이 새삼 다시 보였다.

　결국 계산을 하지 못하고 자리로 돌아왔는데 교수님이 2월 졸업식에는 참석할 수 있는지 물었다. 직장 때문에 어려울 것 같다고 하자 교수님이 평생 기억에 남는 일인데 기념사진은 찍어야지 하면서 옆자리에 있던 박사 동료에게 박사 가운을 구해 보라고 했다. 점심을 마치고 학과 사무실로 돌아와 보니 박사 가운이 놓여 있었다. 어떻게 구했냐고 하자 타오바오에서 주문했고 한다. 중국 물류의 속도를 실감하는 순간이었다. 하지만 가장 감동적인 것은 학생을 배려하는 교수님의 마음 씀씀이었다. 빌린 가운을 입고 학교 곳곳을 돌아다니면서 사진을 찍었다. 찍은 사진을 카톡으로 가족들에게 보내주니 실감이 난다면서 축하해주었다. 돌아오는 비행기 안에서 교수님에게 고마운 마음이 다시 나 울컥 눈물이 쏟아졌다. 중년 남성이 일행도 없이 혼자 앉아서 눈물을 흘리고 있으니 승무원들에게 동정심을 불러일으킨 모양이었다. 시키지도 않은 맥주를 하나 더 가져다 주었다.

이런 생각을 했다. 교수님이 주신 은혜를 교수님에게 직접 갚지는 못해도 나중에 세계 어디에서 중국인을 만나면 잘 해줘야겠다고 마음먹었다. 그리고 그 다짐을 실행할 기회가 생겼다. 다음 해 주남아공 한국대사관에 문화홍보관으로 부임했는데 딸과 같은 반에 중국 외교관 딸이 있었고 우리 딸과 친구가 되었다. 하루는 학부모 모임 때 그 부모(알고 보니 부부 모두 외교관)를 만나 중국어로 인사를 나눴다. 한국 외교관이 중국어를 하니 무척 반가워했다. 내친김에 조만간 한국대사관 주최로 한국문화 페스티벌을 개최하니 와서 구경하라고 했다. 그 행사에 부부가 왔다. 남아공 사람들이 인산인해여서 음식 부스에도 줄이 길게 서 있었는데 김밥과 불고기, 음료수 등을 챙겨서 부부에게 가져다주었다. 생각지도 못한 친절에 부부도 놀라는 눈치였다. 그날 교수님의 은혜를 조금이나마 갚은 느낌이었다.

　　사람 사는 세상은 사람으로 인해 감동하고 사람으로 인해 상처받는다. 국적이나 인종은 별 관계가 없다. 국가 간의 인적 교류가 왜 중요한지 다시금 생각한다. 정치, 외교, 경제 모두 중요하지만 결국 중요한 것은 그 일을 하는 사람들이고 그 사람들 속의 마음이다. 이 마음이야말로 진정 둘을 이어주는 튼튼한 다리라고 믿는다.

도시 사이는 고속철,
도시 내부는 전철 건설 광풍

　　최근 10년간 눈에 띄는 변화란 웬만한 도시에는 전철이 생겼다는 점이다. 과거에는 인구가 2천만 명이 넘어 교통 정체가 극심한 베이징, 상하이 등 거대 도시에서만 지하철을 건설했는데, 이제는 중소도시로도 건설 붐이 확대되고 있다. 중국에서 중급 규모 도시라고 하면 인구가 300만 명은 넘는다. 실제로 중앙정부에서 전철 공사를 허가할 때 기준으로 삼는 것이 인구 300만 명이다. 우리나라와 비교는 어렵지만 전철 건설이 '우리 시에도 전철이 있다'는 지방정부의 업적이 되고 도시의 이미지를 높이는 역할도 하는 것으로 보인다.

2024년 초 윈난성을 여행했다. 쿤밍 시내에서 이동할 때는 지하철을 이용했다. 시내 도심은 물론이고 외곽의 유명 관광지, 공항까지 연결한다. 2012년 전까지 쿤밍에 전철이 하나도 없었다. 불과 10여 년 만에 6개 노선, 166킬로미터, 103개 역이 운영 중인데 2035년까지 9개 노선을 추가로 건설할 예정이다. 그런데 베이징과 다른 점은 도심에서 쿤밍 공항까지 가는 전철도 일반 요금 수준인 5위안(한화 1,000원)이라는 점이다. 전 세계 공통으로 공항을 연결하는 철도는 비싼 요금을 받는다. 베이징도 일반 전철 요금체계와 달리 수도공항 철도 25위안(5,000원), 다싱공항 철도 35위안(7,000원)이다. 비싼 이유는 투자한 건설 비용을 회수해야 하기 때문일 것이고 비행기를 타는 사람들은 경제적으로 여유가 있는 사람이니 가격 저항이 약할 거라는 인식이 있는 듯하다. 물론 좌석이 일반적인 지하철처럼 마주 보는 일렬 좌석이 아니라 열차 객석처럼 2좌석씩 앞으로 향해 있어 편하고 속도도 빠르다. 내가 타 본 다싱공항 철도는 최고속도가 시속 160킬로미터에 육박한다. 하지만 베이징 시민들이 줄기차게 공항철도의 일반 전철화를 주장하는 것을 보면 비싼 요금과 '공기 수송'으로 인한 자원 낭비에 대한 불만이 많다. '공기 수송'이란 자리가 텅텅 비어 사람이 아니라 공기를 싣고 달린다는 비유다.

필자가 경험한 쿤밍 지하철은 대부분 지어진 지 10년 안쪽이고 관리가 잘 되어 있어 깨끗하고 정시성도 높고 요금도 싸다. 다만 내가 탔을 때는 공휴일이라 승객이 별로 없었으나 평일 출퇴근 러시아워에는 인파로 북적일 것이다. 베이징 전철도 서울의 2호선, 4호선처럼 콩나물시루 같은 노선이 몇 개 있다. 혼잡도 순으로 베이징 전체를 순환하는 10호선, 가장 역사가 오래되고 천안문광장을 동서로 관통하는 1호선, 고속철도 역인 베이징남역을 지나가는 4호선, 베드타운인 티엔통위안을 지나는 5호선 등이다.

중국의 1선 도시인 '베이상광선(베이징, 상하이, 광저우, 선전)'이 역시 상위권이다. 1선 도시가 아닌 쓰촨성 청두(成都)가 4위로 선전보다 연장이 더 길다. 인구가 많아서 그런 듯

순위	도시명	인구 (만 명)	전철 총연장(km)	노선 수(개)	2024년완공예정연장(km)	2023년 11월 승객 수(명)
1	상하이	2,490	896	20	48	3억 2,510만
2	베이징	2,190	879	27	68	2억 9,540만
3	광둥 광저우	1,870	705	18	53	2억 7,150만
4	쓰촨 청두	2,100	670	14	71	1억 8,150만
5	광둥 선전	1,760	595	17	17	2억 4,570만
6	충칭	3,210	538	10	37	1억 1,150만
7	후베이 우한	1,230	530	14	40	1억 1,810만
8	저장 항저우	1,200	516	12	32	1억 2,020만
9	장쑤 난징	930	459	14	49	8,720만
10	허난 정저우	1,260	344	9	78	5,380만

출처: 전국 주요 도시의 전철 현황(2025.1월 현재 바이두, 터우탸오 참조)

텐진 시내 야경

하다. 참고로 중국에서 인구가 많은 도시는 '1선 도시'와 행정
구역상 베이징, 상하이, 충칭, 텐진 4대 직할시다. 베이징과
상하이는 두 가지에 모두 포함된다. 다음으로 각성의 성도(省
會, 우리의 도청 소재지)가 그 성에서는 인구가 가장 많다. 그
런데 예외가 산둥의 칭다오(青島)와 광둥의 선전이다. 산둥성
의 성도는 920만 명의 지난(濟南)이지만 제2의 도시인 칭다오
가 1,010만 명으로 인구가 더 많고 GDP도 높다. 오래된 항구
도시로 한국 등 해외와의 무역이 활발하다. 광둥의 선전은 성
도인 광저우보다 인구가 약간 적지만 경제규모는 더 크다. 선
전은 1978년 경제특구로 최초로 선정된 도시다. 선전에는 우
리가 아는 화웨이, 텐센트, BYD 등의 본사가 있다.

전국 주요 도시의 전철 현황을 살펴보면 역시 인구가 많은 도시가 교통이 막히니 전철을 뚫을 수밖에 없을 것이다. 거의 모든 도시가 인구가 1천만 명 이상이다. 전철의 총연장은 베이징과 상하이가 선두를 다투고 있다. 특히 징저우와 톈진은 최근 2년 사이에 20퍼센트 이상 운영 거리가 늘어났다. 승객수를 보면 베이징, 상하이는 매일 약 1천만 명이 전철을 이용한다. 다른 도시들도 노선이 늘어나면 일일 승객수가 더 늘어날 것으로 예측된다. 중국 전체로 보면 2024년 말 기준으로 전국 59개 도시에서 11,230킬로미터가 운영 중이다. 2023년에만 전철이 없던 3개 도시에 전철이 새로 생겼고, 새로 건설된 길이가 884킬로미터다.

중국 최초로 개통된 전철은 의외로 이르다. 1969년에 베이징 1호선이었다. 그 뒤로 잠잠하다가 2010년 이후 중국 전역에서 건설 붐이 일어나 2012년에 17개 도시 2,290킬로미터, 2015년에 26개 도시 3,620킬로미터, 2019년에 40개 도시 6,730킬로미터, 2024년에 59개 도시 11,230킬로미터로 증가했으니 최근 10년간 약 5배가 증가한 셈이다. 최근 5년만 보면 거의 5천 킬로미터를 만들었다. 놀라운 속도가 아닐 수 없다.

현재 중국 대도시의 교통 정체는 거의 해결 불가능한 수준이다. 지하철 건설 외에는 방법이 없다. 베이징에 등록된 차량 대수가 700만 대가량인데 시 정부가 시민의 자동차 구매를 최대한 억제하고 전철 건설에 모든 역량을 집중하고 있다. 왜 냐하면 베이징 시내는 개발이 거의 끝나 유휴부지가 없어 도로를 늘릴 수도 없고 오래된 역사 문화 도시인 관계로 도로를 만들기 위해 땅을 파면 유물, 유적이 많이 나와 공사하기가 어렵다. 도로를 늘리려면 공중에 고가도로를 건설하는 방법밖에 없다. 필자가 사는 왕징 근처에 공항 쪽으로 가는 징미루(京密路)도 정체가 워낙 심해 몇 년 전부터 그 도로 바로 위에 2층으로 6차선 고가도로를 더 건설하는 공사를 진행하고 있다.

시내 지하 곳곳에는 전철 공사가 진행 중이다. 대부분 중국이 국산화한 대형 원형 굴착기를 이용한 깊이 30~40미터의 대심도 터널을 판다. 그런데 전철을 개통할 때 우리나라와 다른 점이 있다. 중국은 일단 기본 설비가 갖춰지면 개통해서 운영하는 걸 최우선으로 삼는다. 그래서 새 노선이 개통했는데 중간중간에 미개통역이 있다. 역사 공사가 끝나지 않았거나 주변에 유동 인구가 없는 허허벌판에 세워진 경우다. 그리고 어떤 경우는 분명히 교차하는 노선인데도 환승 시설 공사가 끝나지 않아 노선 간 환승이 불가능하다. 그리고 한 노선의 공사를 2~3단계씩 끊어서 진행하다 보니 북쪽 구간과 남쪽 구간은 운영 중인데 중간 구간은 끊겨 있어서 불편하다.

더 불편한 사실도 있다. 2021년 초에 선양과 하얼빈 등 동

베이징 왕징의 야경

북 지방과 베이징을 연결하는 고속철 베이징 차오양역이 문을 열었다. 과거 4시간 이상 걸리던 베이징-선양 구간을 가장 빠른 열차 기준으로 2시간 44분 만에 주파한다. 동북 지방을 고향으로 둔 시민들의 환영을 받았다. 그런데 최근까지도 차오양역까지 연결되는 전철이 없다가 2024년 말에야 3호선이 개통되면서 정차역이 생겼다. 고속철도역이 생기고 4년이 지나서야 전철이 연결되어 수많은 동북 지방 출향인들의 비난을 받았다. 뭐든지 먼저 개통부터 하고 보는 것이 중국 스타일이라면 이런 스타일은 장점일까 단점일까?

중국 물가가 많이 올랐다고?
아직은 싸다!

　후진국 또는 개발도상국에서 단기 여행이 아닌 몇 개월 이상 장기체류하며 생활하면 가장 관심이 가는 것이 치안과 물가다. 치안이 좋지 않으면 심리적으로 불안하고 본인과 가족의 안전에 더 신경을 써야 한다. 집을 나와 어딜 가던지 돌발 상황에 대비한 경계 수준을 높여야 한다. 그리고 물가는 바로 본인의 지갑 두께를 좌우한다. 사회 인프라나 환경 수준은 떨어지는 개도국도 물가가 싸면 외국인에게 반가운 일이다. 같은 돈 액수라도 나라만 옮기면 구매력이 확 올라간다. 그러면 2024년 현재 중국 베이징의 물가는 어느 수준일까?

수치들은 세계 여러 국가와 도시의 물가를 비교하는 'numbeo' 사이트를 인용하였다. 전체적인 수준은 뉴욕 물가가 100이라면 서울은 70, 베이징은 37이다. 베이징의 물가는 서울의 절반 수준이다. 외식비는 베이징이 서울보다 38퍼센트 저렴하다. 식료품 물가는 베이징이 서울보다 59퍼센트 저렴하다. 반면 아파트 월세는 베이징이 서울보다 11퍼센트 저렴하다. 베이징의 다른 물가에 비해 상대적으로 부동산 임대료가 높다는 얘기다. 월세의 급격한 상승은 베이징에서 6년 생활했던 필자가 크게 공감한다.

구체적인 품목을 들어보겠다. 중급 식당의 2인 식사비가 서울 6만 7,000원, 베이징 4만 원이다. 식당에서 국산 맥주를 한 병 시키면 서울은 5천 원, 베이징은 2천 원이다. 여기서 지적하고 싶은 건 바로 술값이다. 우리나라 식당에서 술을 시키면 마트에서 사는 가격보다 3~4배를 받지만 중국은 2~2.5배 수준의 합리적인 가격이다. 그래서 식당에서도 부담 없이 술을 시킨다. 더 놀라운 건 중국은 콜키지 비용이 없다는 것이다. 손님이 술을 지참하고 와서 먹어도 식당에서 아무 말도 하지 않는다. 아마 과거에 가짜 술이 많아서 눈이 멀거나 사망하는 등 심각한 사회적 문제가 된 적이 있었다. 그래서 자신이 먹을 술을 자기 책임으로 먹으라는 뜻이 아닌가 한다. 중국의 식당은 음식 팔아서 돈을 벌지 술 팔아서 돈을 벌려고 하지 않는다. 그래서 8~10명 정도 큰 회식 자리에 가보면 각자 가져온 바이주가 서너 병 올려져 있다. 술에 조예가 깊은 사람이 자신이 가져온 술 설명도 하고 술맛을 보면서 품평도 나눈다. 콜키지 무료는 중국만의 독특한 문화다. 미국이나 유럽에서 콜키지 비용을 내지 않고 가져온 술을 먹었다간 식당에서 바로 쫓겨날 것이다.

마트로 가보자. 쌀 1킬로그램이 서울에서는 3,000원, 베이징에서는 1,500원이다. 가격도 절반이지만 중국 쌀은 맛도 좋다. 조선족들이 많이 사는 헤이룽장성 우창 시의 이름을 딴 오상미(五常米)가 유명하다. 우리 가족도 이 쌀을 먹는다. 달걀 12개는 서울 5,000원, 베이징 2,400원이다. 소고기 우둔살 1킬로그램은 서울에서는 5만 3,000원, 베이징에서는 1만 4,000원이다.

특이한 건 양고기와 소고기 모두 갈비 기준 1킬로그램 1만 2,000원으로 가격이 비슷하다는 것이다. 돼지고기는 삼겹살 기준 1킬로그램 5,000원으로 저렴하다. 고기의 종류별로 수요와 공급, 사료 비용, 생장 기간 등의 차이가 원인이다. 중국에서 가장 많이 키우는 건 중국인이 가장 좋아하는 돼지다. 참고로 2023년 한 해에 중국에서 도축한 돼지가 7억 3천만 마리였다. 중국 인구가 14억 명이니 쉽게 말해 중국인 1명이 1년동안 돼지 반 마리를 먹은 셈이다. 지역별로 남방에서는 소를 많이 키우고 북방에서는 양을 많이 키운다. 그래서 북방인 베이징에서는 양고기 요리가 소고기 요리보다 흔하다. 중국 소고기는 한국에 비해 좀 질기다. 그래서 민스 형태로 잘게 다져서 채소와 함께 볶거나 얇은 슬라이스 형태로 잘라 샤부샤부 요리로 먹는다. 반면 양고기 요리는 탕, 꼬치, 구이, 볶음, 찜 등 거의 모든 조리법을 동원해 먹는다. 베이징에 양탕 전문 식당이 흔히 있는데 우리나라 설렁탕집을 생각하면 된다. 추운 겨울에 양탕 한 그릇 먹으면 몸이 풀린다. 길거리에 양꼬치 식당이 즐비하고 양 한 마리 통구이 전문집도 있다. 베이징 사람들은 확실히 소고기보다 양고기를 좋아한다.

마트에서 파는 식용 도롱뇽

마트에서 파는 식용 자라

다음으로 과일과 채소는 중국이 압도적으로 싸다. 사과 1킬로그램은 서울 9,000원, 베이징 3,000원이다. 상추 1킬로그램은 서울 3,200원, 베이징 1,100원이다. 감자는 더 싸서 1킬로그램이 서울 5,700원, 베이징 1,100원이다. 대체로 고급 과일인 딸기, 배, 포도 등도 우리나라의 반값이 채 안 되므로 중국 여행을 가면 많이 먹으라고 권유한다. 과일 맛도 품종 개량과 현대식 농법으로 향상되었다. 예를 들어 한국 사람이 좋아하는 배도 예전에는 식감이 푸석푸석했지만 이제 한국 나주 배 뺨친다. 샤인머스캣 포도도 우리나라 수준의 품질이다.

택시 기본요금이 서울 4천 8백 원, 베이징 2,400원으로 딱 절반이다. 휘발유 1리터는 서울이 1,700원, 베이징이 1,600원 수준으로 그리 저렴하지는 않다. 중국도 석유를 생산하는 산유국이지만 환경 오염을 고려해 자동차 운행을 줄이기 위해 정책적으로 기름값을 높게 책정하는 듯하다. 1개월 휴대전화 요금이 서울 6만 원, 베이징 1만 5,000원이다. 1개월 인터넷 요금이 서울이 3만 7,000원, 베이징 1만 8,000원이다. 시내 중심부의 방 한 개 딸린 아파트의 월 임대료는 서울 115만 원, 베이징 128만 원으로 오히려 베이징이 비싸다. 방 세 개 딸린 아파트의 월 임대료는 서울이 370만 원, 베이징이 300만 원이다. 중국 대도시의 아파트는 5~10년 사이에 거의 미친 수준으로 가격이 치솟았다. 5~6배 오른 곳이 수두룩하다. 내가 사는 왕징도 50평 아파트 매매가가 30억 원을 넘는다. 최근 중국 부동산 경기의 침체로 1~2년 사이에 20~30퍼센트의 가격이 폭락했지만 집을 장만하려는 서민 입장에서는 거품이 더 빠져야 하지 않을까? 고속도로 요금은 우리나라와 비슷하고 고속철도 요금은 절반 수준이다. 버스 요금은 200~300원 수준이고 지하철 요금은 600~1,000원 수준이다. 자가용 이용을 억제하고 대중교통을 장려하는 중국 정부의 의도가 엿보인다.

종합하면 식료품과 공산품은 우리나라보다 40~60퍼센트 저렴하다. 헬스클럽, 이발 등 서비스 요금도 20~30퍼센트 저렴하다. 중국 화폐인 런민비 절상 등 환율의 변수가 있지만 물가만 보면 중국은 외국인이 살기에 좋은 곳이다. 또한 중국의 경기 침체와 소비 부진으로 인플레이션 우려가 거의 없다. 중국은 2024년 들어와 오히려 물가가 소폭 하락하고 있다. 경제는 심리라고 한다. 중국인들도 향후 경제를 비관적으로 전망하면서 저축을 늘리고 소비는 줄이고 있다. 상가와 식당이 눈에 띄게 한산해졌다. 물가가 오르지 않는다는 건 소비자 측에서 나쁠 건 없지만 경제학적으로 인플레이션보다 더 무서운 것이 디플레이션(=GDP 축소)이라 하니 과거와 같이 지속적 고성장을 유지하고자 하는 중국 정부도 고민이 많을 듯하다.

유튜브와 넷플릭스,
구글이 없다니!

중국 대륙에서는 구글, 유튜브, 페이스북, 인스타그램, 넷플릭스, 아마존, 우버, 카카오톡이 안 된다. 중국 정부가 차단하고 있다. 그래서 중국에서 생활하는 외국인들은 대부분 VPN(Virtual Private Network, 가상사설망)을 통해 차단 사이트에 접속한다. 무료 VPN도 있긴 하지만 품질과 안정성이 좋지 않아 나도 VPN 앱을 이용하고 있다. 요금은 1년에 한화 8만 원 정도다.

중국 정부는 왜 이런 사이트들의 이용을 제한할까 생각해 보았다. 첫 번째는 언론 및 표현의 자유 제한이다. 현 사회 체제, 공산당, 지도자들을 비난하는 글과 영상 등이 페북과 유튜브에 올라온다면 중국은 용납하지 못할 것이다. 중국의 언론은 사실상 모두 공산당 중앙선전부의 통제를 받고 있다. 만약 개인 미디어가 활개 치도록 허용한다면 기존 레거시 미디어에 대한 통제가 무의미해진다. 두 번째는 상업적인 목적이다. 정치적인 글이나 영상을 올리는 소셜미디어가 아닌 우버도 차단한다. 외국의 플랫폼 비즈니스 업체가 중국에서 돈을 못 벌게 하는 것이다. 유튜브, 넷플릭스 등도 마찬가지다. 중국이 볼 때 '기술적으로 대단한 것도 아닌데 플랫폼 기업이 독점화해 전 세계적으로 돈을 벌어들인다. 우리는 인구가 14억 명인데 이 큰 시장을 그냥 내줘? 안 될 일이다. 우리가 만들어서 쓰자.' 대략 이렇게 된 것 아닐까? 그래서 중국 자체의 대체 플랫폼이 각각 있다.

검색 엔진 분야에 구글 대신 바이두가 있다. 2000년에 리엔훙이 베이징 중관춘에서 창립했다. 중관춘은 하이디엔구에 자리한 IT 기업 밀집 단지다. 북경대, 청화대와 같은 명문 대학도 이 근처에 있다. 전 세계적으로 구글이 맥을 못 추는 나라가 중국, 한국, 러시아 정도일 것이다. 바이두는 2022년에 매출액 1,200억 위안(한화 24조 원), 순이익 200억 위안(한화 4조 원)을 기록했다. 바이두 지도, 바이두 백과사전, 바이두 지식, 바이두 문서, 하오칸 영상 등이 유명하다. 나도 지도 앱

중국공예미술관의 상아 조각

은 바이두 지도가 아닌 가오더(高德) 지도를 쓰지만 개념 정리
가 잘 되어 있는 바이두 백과사전을 자주 열어본다. 하오칸 영
상은 자사 서비스이므로 바이두에 검색어를 치면 항상 상단에
나오기 때문에 가끔 본다. 사실 중국에는 동영상 플랫폼이 너
무 많다. 시장을 압도하는 유튜브라는 사이트가 없으므로 그
런 것 같기도 하다. 나도 날씨나 단어의 뜻, 인명, 뉴스 등은
거의 바이두에서 검색한다. 다만 뉴스는 터우탸오(頭條, 헤드
라인)도 병행해서 사용한다. 이 사이트는 뉴스에 특화된 사이

트라 기사 검색 및 열독이 편리하다.

메신저 앱에는 카카오톡을 대신한 위챗이 있다. 아마 휴대전화가 있는 사람치고 위챗을 안 쓰는 중국인은 없을 것이다. 당연히 개인 챗이나 단체 챗을 주로 이용하고, 다음으로 '모멘트'라고 페이스북처럼 본인의 글과 영상을 올리는 카테고리가 있다. 하지만 위챗을 자주 여는 가장 큰 이유는 결제를 위해서다. 중국에서는 위챗페이나 알리페이만 있으면 지갑이나 신용카드가 필요 없다. 나 또한 위챗페이를 주로 쓴다. 자신의 은행 계좌 또는 신용카드와 연결해 놓으면 결제는 물론 위챗 사용자 간 송금도 가능하다. 동호회 모임 같은 곳에서 회비를 걷기가 편리하다.

OTT로는 넷플릭스를 대신하는 텅쉰스핀과 아이치이가 있다. 두 회사가 1, 2위를 다투고 있다. 텅쉰은 위챗을 운영하는 회사다. 경쟁사의 오리지널 콘텐츠가 아니라면 중국에서 나온 영화와 드라마는 거의 다 볼 수 있다. 두 회사 모두 넷플릭스처럼 콘텐츠를 자체 제작한다. 나는 텅쉰스핀을 몇 달에 한번 한 달씩 이용한다. 별로 볼 것이 많지 않으니까 새 영화나 드라마가 올라오면 한 달만 결제한다. 한 달 요금은 30위안(6,000원)이다. 저렴하다. 그런데 중국의 최신 개봉영화는 사이트에 올라온 후 한 달 정도는 6위안의 추가 요금을 받는다. 넷플릭스와는 다른 점이다. 외국 콘텐츠는 매우 부실하다. 한국 영화도 몇 년 지난 영화밖에 없다.

우버를 대신하는 것으로 디디가 있다. 그런데 디디 앱을 굳이 설치할 필요가 없다. 가오더 지도나 바이두 지도 앱이 있으면 정규 택시와 우버 택시를 모두 호출할 수 있다. 지도 앱 회사의 주요 수입원이 택시 호출 서비스 수수료 아닌가 싶다. 자동차 급에 따라 일반차, 고급차, 전용차, 승합차 등 종류별로 부를 수 있고, 여러 명이 탔을 경우 경유지를 설정하면 한 사람씩 내릴 수도 있다. 요금은 일반차 기준으로 정규 택시보다 조금 싼 편이다. 그런데 어떤 차는 내부가 지저분하고 담배 냄새가 많이 날 수도 있으니 조심해야 한다. 이런 경우를 피하려면 돈을 조금 더 주고 회사에서 직접 운영하는 '전용차'를 선택하면 된다. 기사가 회사에 직접 고용되었기 때문에 친절하다. 차도 회사 소유 차라서 청결하다. 또 회사가 승객의 안전을 보장하므로 여성들이 밤에 많이 이용한다.

아마존을 대신해서는 타오바오와 징동이 있다. 타오바오의 모회사인 알리바바는 최근 한국에서도 알리익스프레스를 운영하는데, 시장 잠식력이 대단해 쿠팡 등 한국의 온라인쇼핑몰이 타격을 입고 있다는 뉴스를 보았다. 나도 이 앱들을 사용해서 와인, 위스키, 칫솔 등 생활용품과 먹고 마실 것을 산다. 중국에서 온라인상으로 담배는 안 되지만 술은 판매와 배송이 허용되어 있다. 우리나라도 규제를 풀어 주류 온라인 판매가 가능하면 좋을 것 같다. 타오바오와 징동도 자체 물류시스템을 운용한다. 예를 들면 특정 와인을 검색하면 같은 와인이라도 어떤 상품은 '징동즈잉(自營)'이라는 검색 결과가 뜬다. 징동에서 상품을 자체 보유하고 창고에서 재고를 관리하면서 징동 택배를 이용해 배송한다. 그래서 하루면 다 배달이 된다. 회사의 이름을 걸고 하니 대체로 짝퉁 걱정이 없고 품질도 보장이 된다. 필자도 다른 조건이 비슷하면 '즈잉' 상품을 고른다.

중국의 유튜브는 비리비리다. 비리비리는 2009년에 창립되었는데 동영상 플랫폼에서 출발해 라이브 방송, 게임, 게임대회 중계, 광고, 전자상거래, 애니메이션 제작 등까지 사업영역을 확대하고 있다. 비리비리도 유튜브와 마찬가지로 개인이 동영상을 올려 돈을 벌 수 있다. 구독자 수가 1만 명을 넘거나 하나의 동영상 조회 수가 10만 회를 넘으면 수익을 분배받을 수 있는 자격이 생긴다. 수익은 대략 조회 수가 100만 회이면 3천 위안(한화 60만 원)이라고 한다. 우리나라에서 유튜브는 조회 수가 100만 회이면 100만 원을 번다고 하니 중국이 좀 적다.

중국의 페이스북으로 웨이보가 있다. 웨이보는 일종의 블로그로 시작했다. 사용자는 개인이 압도적으로 많긴 하지만 기업 또는 기관의 광고용으로도 많이 쓰인다. 최근에는 위챗의 '메시지 구독'과 '모멘트'가 웨이보의 기능을 상당 부분 대체하는 추세다. 하나의 플랫폼에서 이것저것 해결되면 편하기 때문이다. 위챗에는 '모멘트' 외에도 '미니프로그램'이라고 해서 식당, 박물관, 영화관 등의 앱 프로그램을 쉽게 검색할 수 있다. 여기서 주문, 예약, 결제 등을 다 할 수 있으므로 별도 앱을 설치할 필요가 없게 된다. 위챗이 일종의 종합 플랫폼 역할을 하는 것이다. 역시 플랫폼 비즈니스는 선점이 중요한 승자독식과 약육강식의 세계인 것 같다.

세계에서 다 쓰는 앱을 못 쓰게 하는 중국은 특별한 나라다. 나쁘게 얘기하면 통제 국가이면서 보호무역의 장벽을 친 것이다. 상업적인 고려만 있다면 중국의 플랫폼 업계가 세계적 경쟁력으로 우위에 선다면 인터넷 통제를 다 풀 수 있을까? 아무도 모르는 일이다.

베이징 공원
산책하기

    10년 전만 해도 한국의 어떤 사람이 중국 주재원으로 부임하거나 사업을 하기 위해 장기간 머무른다고 하면 지인들의 첫 번째 질문은 거의 비슷했다. 공기가 최악이라는데 어떻게 살려고 하나? 나도 유학생 신분이었던 2011~2013년 기간 중 최악의 공기 오염을 경험했다. 특히 난방을 가동하는 한겨울에는 특히 심했다. 공기 질 개선은 하루아침에 되는 게 아니므로 앞으로 나아질 희망이 없으리라고 생각했다.

    그런데 2013년부터 공기 질 개선을 위해 중국 정부가 작정이나 한 듯이 여러 가지 조치를 시작하였다. 특히 베이징 지역에서는 할 수 있는 일은 다 하는 수준으로 밀어 붙였다. 아마 베이징이 중국 최고지도부가 거주하고 있는 지역이라는 이유와 2022년 베이징 동계올림픽을 앞둔 이유가 컸을 것이다.

먼저 2014~2017년 기간 베이징에 있던 석탄 화력 발전소 네 곳을 폐쇄하고 가정에서 난방과 음식 조리의 원료로 많이 쓰이던 석탄을 전부 천연가스와 전기로 대체하였다. 2019년에는 경유를 연료로 쓰는 상용차의 운행을 금지했다. 그리고 일정 기간이 지난 구형 자동차를 폐차하는 경우 보조금을 지급했다. 낡은 차 230만 대가 이 보조금 혜택에 힘입어 폐차되었다. 또한 자동차의 주 5일제를 실시하여 전체 운행량을 20퍼센트 줄였다. 그리고 건물 시공 현장에는 덮개 사용을 의무화하여 공사 먼지의 양을 줄였다. 또한 베이징시 정부의 살수

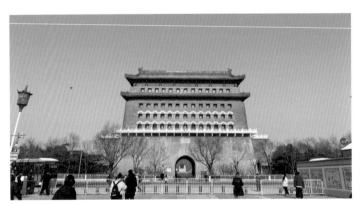

푸른 하늘 밑의 첸먼

차가 매일 밤낮으로 도로를 돌아다니며 물을 뿌렸다. 인공 강우도 시도했으나 비용이 많이 들어 계속 실행하지는 못했다. 인공 강우 기술은 하늘에 로켓을 발사하여 구름의 수분 응결핵을 만들어 비를 내리게 만드는 원리인데 중국이 세계적인 수준인 것으로 알려졌다.

그리고 대대적으로 공원을 건설하였다. 2023년 기준 베이징의 공원수는 1,050개다. 총면적은 364제곱킬로미터에 이른다. 특히 2017~2022년 집중적으로 88제곱킬로미터 넓이의 공원을 만들었다. 이 면적은 1만 8천 개의 축구장과 비슷하다. 주요 대학과 연구소가 몰려 있는 하이디엔구에만 공원이 118개나 있다. 외국인들이 많이 사는 차오양구에는 84개다. 1인당 평균 녹지 면적은 1983년 5.1제곱미터에서 2003년 11.4제곱미터로 다시 2023년 16.9제곱미터까지 늘어났다.

그런데 중국의 '공원' 개념이 우리와는 좀 다르다. 이화원, 원명원 등 베이징의 유명 관광지가 분류상 모두 공원에 속한다. 그래서 베이징의 가장 중심부인 시청구는 면적이 좁은데도 불구하고 71개의 공원이 있다. 북해공원, 경산공원, 십찰해공원 등 역사 유적지가 모두 포함되어 있기 때문이다. 2008년 베이징 하계올림픽에 맞추어 올림픽 경기장 주변으로 야심차게 건설한 올림픽공원은 그 규모가 엄청나다. 면적이 6.8제곱킬로미터에 이른다. 자전거로 공원 주변 한 바퀴를 돌려면

1시간 이상 걸린다. 이곳은 정부가 예산을 투입하여 인위적인 대규모 토목 프로젝트에 의해 건설한 공원이다. 과거부터 있었던 역사 유적형 공원과는 규모나 내부 구성이 천양지차다.

내가 거주하는 왕징에도 여러 공원이 있는데 그중 다왕징 공원이 가장 크다. 5환 고속화 도로와 맞닿은 바로 남쪽의 유휴부지에 도로를 따라 길쭉한 모양으로 조성했다. 어차피 자동차 전용도로 근처는 소음 때문에 주거시설이나 상업용지로 개발하기 어려우니 공원을 조성한 것으로 보인다. 집에서 걸어서 20분 정도 걸리는데 공원 안에서 걷는 시간까지 포함하면 왕복 1시간 반 정도로 산책하기에 딱 적당하다.

시 정부의 정책 변화로 공원을 둘러싼 철제 울타리도 모두 없어졌다. 어느 곳에서나 진입할 수 있고 시각적으로 보기에도 시원하다. 사실 중국에서 이해하기 어려웠던 것이 공원 둘레에 높은 철제 울타리를 설치해 놓고 지정된 문으로만 출입하는 것이었다. 입장료를 받는 것도 아니고 국가 중요시설도 아닌데 왜 이럴까 의아했다. 다행히 시 정부에서 2023년부터 대대적으로 공원의 울타리 철거 작업에 들어갔다. 자연과 녹색을 즐긴다는 공원의 원래 의미를 되찾는 것 같아 기쁘다. 하지만 좀 뒤늦은 감이 없진 않다. 어쨌든 중국도 점점 글로벌 스탠다드를 향해 가고 있으니 다행이다.

그런데 한국인들이 알아야 할 주의점이 있다. 공원에 자전

백두산 천지

거와 애완동물은 진입 금지다. 베이징 동부의 대운하 공원 같은 넓은 공원은 걸어서 돌아다니기 너무 힘들어 자전거 진입을 예외적으로 허용하지만 대부분 도심 공원은 자전거 출입을 금지한다. 이러한 조치는 공원 이용객들의 안전을 위한 취지이므로 나도 찬성한다. 애완동물 진입 금지도 타당하다. 배설물로 인한 환경 오염과 반려견이 산책하는 사람들에게 위협이 될 수 있기 때문이다. 내가 관찰한 바로는 진입 금지 규칙을 대체로 잘 지킨다. 앞에서 얘기한 과거 공원의 울타리 담장도 이런 문제를 예방하기 위해 만들어진 것 아닌가 생각한다. 정해진 문으로 출입해야 수위가 자전거 탑승 또는 애완동물 동행을 제지할 수 있다. 이제는 시민의식 수준이 높아졌다고 보

윈난 다리의 한 식당. 식당을 공원처럼 꾸며놓았다.

고 자율에 맡기는 듯하다. 어딜 가나 벌금이나 처벌 등 통제보
다는 전반적인 사회의 문명 교양 수준 제고와 시민들의 타인
배려 의식이 더 중요하다고 믿는다.

공원시설은 어떨까? 한마디로 훌륭하다. 산책로와 녹지,
연못과 수로 등이 잘 설계되어 있다. 다왕징 공원 안에는 소규
모로 어린이를 위한 유료 테마파크도 있다. 공원에는 물이 있
어야 쾌적하다. 기본적으로 개천과 지류 등 기존의 자연 수로
를 활용하되 물이 없는 곳은 인공으로 수로나 연못을 만든다.

그 규모도 작지 않다. 베이징은 반건조 기후지역대에 속한다. 강수량이 매우 적다. 서울의 한강, 파리의 센강, 런던의 템즈강처럼 수도를 가로지르는 큰 강도 없다. 공원에서나마 친수 경험을 제공하는 것이 시민의 건강을 위해 꼭 필요하다. 베이징에 살다 보니 비가 많이 오는 나라는 복 받은 나라라는 생각이 든다. 베이징은 돈을 따로 들여 친수공간을 만들 수밖에 없다. 우리나라는 복 받은 나라다. 도심 공원이 주는 정신적 위안을 거론할 때 과거 뉴욕의 센트럴파크를 설계한 유명 건축가의 말이 떠오른다. 일각에서 예산 낭비라며 대규모 공원을 도심에 만드는 걸 반대하자 '센트럴파크가 없으면 정신병원 100개를 만들어야 한다'라고 일축했다는 일화가 있다.

중국 영화 속에 담긴
중국의 오늘

2024년 초에 영화산업 관련 통계가 발표되었다. 중국이 2022년 말 코로나19 봉쇄를 해제하면서 2023년부터 경제와 산업 분야가 정상화되었다. 2024년 초에 들어오면서 2023년 한 해 동안의 통계수치가 속속 발표되었는데 데이터를 객관적으로 비교하려면 비교 시점이 코로나19 직전의 정상적인 2019년이 적절하다. 2023년 영화 전체 박스오피스는 550억 위안(한화 11조 원), 관객 수 13억 명을 기록했다. 2019년 640억 위안, 관객 수 17억 명에 비해서 아직 완전히 회복되지 못했다. 2023년 제작된 영화 수는 971편이고 박스오피스 중 중국 국산 영화의 점유율은 84퍼센트다. 2019년에는 64퍼센트였다. 할리우드 영화 등 외국 영화가 맥을 못 추고 중국 영화가 시장을 거의 압도했다는 얘기다. 스크린 수는 2023년 말 현재 8만 6천 개다. 2019년 말 7만 개에 비하면 꾸준히 증가했다. 2012년에 비해서는 6.6배로 증가했으니 최근 10년간 얼마나 많은 영화관이 만들어졌는지 알 수 있다. 박스오피스를 관중 수로 나눈 평균 영화 관람료는 2019년 37위안에 비해 2023년 42위안으로 증가했다.

2023년 전체 관객 수를 전체 스크린 수로 나누면 한 스크린당 1년 관객 수가 나온다. 1만 5천 명에 불과하다. 1년 365일로 나누면 41명꼴이다. 매우 적은 숫자다. 영화를 보려는 사람에 비해서 스크린이 지나치게 많다는 얘기다. 중국에 살다 보면 하드웨어는 훌륭한데 소프트웨어가 뒷받침되지 않는 경우를 종종 본다. 예를 들면 어마어마한 박물관을 지어 놓았는데 막상 들어가 보면 별로 볼만한 유물이 없다. 몇천억 원을 들여 공연장을 지었는데 정작 품질 높은 공연이 없어 관객이 들지 않는다. 영화산업도 비슷하다.

게다가 박물관이나 공연장과 달리 영화관은 대부분 민영 기업이 운영하는 철저한 상업적 공간이다. 한국과 비슷하게 대형 쇼핑몰이 지어지면 꼭 영화관이 같이 들어 온다. 손님들이 영화를 관람하고 자연스럽게 식도락과 쇼핑으로 이어지도록 식당과 상점들의 동선을 짠다. 중국에서 중산층이 늘어나고 구매력이 높아지면서 쇼핑몰이 곳곳에 들어서고 영화관도 자연스럽게 늘어난 것이다. 코로나19 시절 중국의 소비와 투자가 거의 마이너스 또는 제자리 상태였는데, 스크린 수는 1만 6천 개나 늘어난 이유도 이 때문이다. 코로나19 와중에도 쇼핑몰은 계속 건설했다.

영화관이 실제 수요에 비해 너무 급격히 증가했다. 엄청나게 재미있는 영화가 매일 쏟아져 나오는 것이 아니고 중국의 외국 영화에 대한 규제가 심하므로 정부의 허가를 받은 소수의 해외 영화만 상영할 수 있다. 최근 한국도 OTT에 밀려서 영화관 체인들의 경영이 매우 어려운 상황이다. 그래서 영화관에서 프로야구나 국가대표 축구 경기를 중계하거나 e스포츠 게임 대회를 중계하는 등 자구책을 마련했다. 중국에서는 규제 때문에 이마저도 허용되어 있지 않다.

급기야 최근에는 여기저기 쇼핑몰에서 멀쩡하던 영화관이 하나둘 폐업하고 있다. 매출액이 임대료를 감당하지 못한 결과다. 나는 영화관에서 영화를 보는 것을 좋아한다. 왕징의 집 근처에 자주 가던 단골 영화관이 있었는데 중국에서 가장 큰 완다(萬達) 체인 소속 영화관이다. 완다는 원래 쇼핑몰과 오피스빌딩의 건설 등 부동산개발로 시작해서 영화관, 호텔, 리조트 등 문화관광 분야까지 사업 영역을 확장한 중국의 대

기업이다. 앞에서 말한 대로 쇼핑몰에는 필수적으로 영화관이 들어가는데 영화관이 벌이가 된다면 다른 이에게 임대해서 돈 벌 기회를 줄 필요가 없다. 완다가 자기 쇼핑몰 안에 직접 영화관도 짓고 운영까지 하면 돈을 더 벌 수 있다는 전략이었다. 2022년 말 현재 완다 체인의 영화관 수는 700개, 스크린 수는 6,100개에 이른다. 2023년 완다 체인의 박스오피스 시장 점유율은 17퍼센트를 기록했다. 완다는 영화관만 운영하는 게 아니라 콘텐츠도 만든다. 영화, 드라마와 게임의 투자와 제작에도 참여한다.

중국에서는 식당이나 영화관에서 선불카드를 사면 여러모로 이득이다. 필자도 완다 영화관의 200위안짜리 선불카드를 샀다. 유효기간은 1년이다. 평일 영화 관람권 3장, 텀블러 선물, 매번 영화 예매 시 10위안 할인 및 회원 전용석 예약, 매번 콜라 한잔 무료 등의 혜택이다. 카드를 사서 대여섯 번은 이용했으니 얼추 본전은 뽑았다고 생각했다. 그런데 어느 날 갑자기 왕징의 완다 영화관이 없어졌다. 영업 부진으로 폐업한 것이다. 완다 체인의 다른 영화관을 검색해 보니 가장 가까운 곳이 차로 20분 거리다. 그날 이후로 완다 영화관은 못 가게 되었다.

대도시에서는 영화관 수가 포화 상태다. 이제는 성장 일변도의 변곡점을 넘어서 감소 추세로 들어선 것 같다. 하지만 중

여러 영화에 등장하는 둔황의 명사산

소도시나 시골에서는 계속 늘어나고 있다. 중국은 워낙 땅이 크기 때문에 베이징 한 곳에서 벌어지는 일로 중국 전체를 판단하면 안 된다. 하지만 영화관 수가 최근 십 년 사이에 급격히 늘어나긴 했다. 더 중요한 건 이 영화관들을 채워줄 우수한 콘텐츠가 별로 없다는 것이다.

중국에서 영화 상영은 검열이라는 큰 벽을 통과해야 한다. 중국공산당 선전부 직속 국가영화국의 검열을 통과해야 상영 허가증을 받게 된다. 소위 '용 마크(龍標)'라 불리는, 중국 영화가 시작할 때 우렁찬 팡파르 소리와 함께 나오는 노란 용이

가운데 떡 버티고 있는 화면이 허가증이다. 또 중국은 영화 등급제가 없다. 검열만 통과하면 전체 관람가다. 만약 검열이 없어지면 우리나라처럼 등급제를 도입할 것이다. 중국에서 가장 유명하고 사용자도 많은 영화 평론 사이트가 더우반(豆瓣)이다. 이 사이트에서 중국 영화가 한국 영화처럼 우수하게 되려면 검열부터 사라져야 한다는 목소리가 높다. 덧붙이면 더우반에 글을 쓰는 사람들 수준이 보통이 아니다. 예를 들면 영화학도나 알 법한 작가주의 감독 영화 소개부터 원작 소설을 바탕으로 한 영화와 원작과의 차이 비교, 다른 나라에서 제작된 리메이크 영화와 원래 영화와의 비교 등등 영화평이 세밀하고 구체적이다. 나도 중국 영화를 보고 난 후에는 꼭 더우반의 영화평을 찾아본다. 그러면 감독이 깔아 놓은 암시나 복선, 이해가 안 되었던 엔딩이나 인물 간의 관계 등 새로운 것들을 알게 되는 소소한 재미가 있다.

중국에서 영화는 단순한 재밋거리가 아니고 계몽과 교육, 사상 선전 등의 기능도 포함하기 때문에 검열이 단기간 내에 사라지지는 않을 것이다. 하지만 현 제도하에서는 사회와 현실 비판이 거의 불가능하므로 영화인들의 자유로운 창작 욕구를 옥죌 수밖에 없다. 그래서 중국에서 히트하는 영화는 소위 '국뽕' 영화를 제외하면 거의 스릴러나 미스테리 영화, 코믹 영화, 가족 영화 등일 수밖에 없다.

하지만 제도적 제약을 뚫고 나온 훌륭한 영화도 많다. 중국 OTT에서 볼 수 있는 영화와 드라마 몇 편을 소개하고자 한다. OTT에서 볼 수 없는 영화는 상영금지 처분을 받은 소위 '지하' 영화로 해외에서만 볼 수 있다. 백문이 불여일견이다. 영화를 보면 현대 중국 사회의 현실을 알 수 있을 것이다.

중국 영화 이야기 1: 디쥬티엔창(地久天長)

'디쥬티엔창'은 2019년 왕샤오솨이(王小帥) 감독의 작품이다. 제목을 한국어 발음으로 하면 '지구천장'인데 예전에 '천장지구'라는 유덕화가 나오는 홍콩 영화가 있었다. 앞뒤가 바뀌었을 뿐 뜻은 똑같다. 하늘과 땅처럼 장구하고 영원히 변하지 않는다는 뜻이다. 주로 변하지 않는 사랑을 비유한다. 홍콩 영화 '천장지구'는 남녀 간의 사랑이고 대륙 영화 '지구천장'은 부모의 자식 사랑이다. 이 영화 한 편으로 극중 부부로 나오는 왕징춘과 용메이는 2019년 베를린 영화제 남우주연상과 여우주연상을 각각 수상했다. 또한 영국 가디언지가 선정한 '2019년 10대 영화' 중 한편으로 선정되었다.

줄거리를 소개하면 1980년대 국영 기계 공장에 류(劉) 씨 부부와 션(沈) 씨 부부가 같이 근무하고 있었는데 두 쌍의 부부 모두 직장 동료이자 친한 친구들이었다. 주인공 류 씨는 공장에서 근무하기 전에 학교 교사로 일했던 지식인이다. 두 가정은 공장의 관사에서 이웃이고 공교롭게 두 가정 다 외동아들을 두었다. 평소 자주 같이 놀던 두 아이가 어느 날 교외에 있는 강에 물놀이를 갔다가 류 씨 아들이 익사한다. 션 씨 아들이 수영을 못하는 류 씨 아들에게 '너는 수영도 못 하냐'라는 장난조의 이야기에 류 씨 아들이 깊은 물에서 빠져나오지 못하게 된 것이다. 션 씨 아들은 이 사실을 자기 부모에게 털어놓았다. 션 씨 부부는 아들을 보호하기 위해 이 사실을 그 누구에게도 얘기하지 않고 숨겼다. 그런데 이 두 가정 사이에 과거에 중요한 일이 있었다. 류 씨 부부는 첫째 아들(사망한 아들)을 낳고 둘째를 임신했다. 하지만 당시 중국은 엄격한 산아제한정책을 시행하고 있었다. 당시 공장에서 산아제한 담당자였던 션 씨 부인이 류 씨 부인에게 낙태를 강하게 권유한다. 둘째를 낳으면 3년 연봉에 해당하는 벌금을 내야 한다. 낙태 수술을 받던 중 수술이 잘못되어 류 씨 부인은 임신 능력을 상실한다. 첫째 아들의 익사 사고 이후 낙태를 권유했던 션 씨 부인은 심한 자책감을 느낀다.

모든 일을 잊고자 지방에 내려와 살게 된 류 씨 부부는 남자아이를 입양해서 키운다. 이름도 사망한 아들 류싱(劉星)을 따 똑같이 지었다. 하지만 류싱은 양부모가 자신을 친생 아들의 대체품이라고 생각한다고 오해하고 양부모의 말을 안 듣고 항상 반항적이었다. 급기야 양부모와 대판 싸우고 집을 나가 버린다. 한편 션 씨 부부는 공장을 관두고 개인 사업을 시작해서 크게 성공한다. 아들은 교육을 잘 받고 의사가 되었다. 이제 떵떵거리게 잘살게 되었음에도 션 씨 부인은 평생 큰 돌멩이를 가슴에 안은 듯 답답하게 살아왔다. 션 씨 부인은 나이가 들어 암에 걸린다. 결국 두 부부는 우연한 계기에 다시 만난다. 두 부부는 화해를 했을까? 집 나간 아들은 돌아왔을까? 해피엔딩으로 끝나는지는 독자들이 영화를 보고 확인하시기 바란다.

이 영화를 보면 다른 나라에는 없는 중국적인 시대 배경과 중국인들만이 이해할 수 있는 다양한 서사가 있다. 산아제한 정책으로 둘째를 포기하는 일, 직장과 주거, 학교, 생활 서비스, 인간관계 등이 모두 이루어지는 소위 '단위'라 불리는 중국식 거주 시스템 등이다. 그리고 인간이라면 누구나 가지고 있는 자식 사랑, 선에 대한 추구, 관용과 용서 등은 전 세계인들이 보편적으로 공감할 것이다. 175분의 상영시간이지만 지루하지 않다. 편집도 훌륭하고 카메라워크도 좋다. 초반에 멀리서 강물을 찍는 촬영기법은 자식 잃은 부모의 쓸쓸한 심정을 대변하고 있다. 이창동 감독의 작품 '밀양'의 마지막 장면을 떠오르게 한다.

중국 영화 이야기 2: 티엔주딩(天注定)

'티엔주딩'은 쟈장커(賈樟柯) 각본 및 감독의 2013년 작품이다. 그해 칸 영화제에서 각본상을 받았다. 뉴욕타임즈가 선정한 2013년 10대 영화 중 하나다. 영화는 잔인하고 폭력성이 매우 강하다. 그래서 중국에서 상영이 금지되었다. 쟈장키 감독은 1997년 독립영화 '샤오우(小武)'로 세계적인 명성을 얻은 바 있다. 영화 제목 티엔주딩(天注定)은 우리말로 '하늘이 다 정해놓았다, 운명의 장난'이라는 뜻이다. 극 중 주인공의 운명이 결국 파국을 맞게 된다는 것을 의미한다. 중국에서 상영금지가 된 이유도 단순히 과도한 폭력성뿐만 아니라 현대 중국의 사회 모순에 대한 강력한 비판의 메시지를 담고 있기 때문이다.

이 영화는 서로 무관한 4개의 이야기로 이루어져 있다. 옴니버스식 구성으로 한 편당 30분 내외로 총 2시간이다. 이야기들은 모두 실화를 바탕으로 한다.

첫 번째 이야기의 주인공은 다하이다. 그가 사는 마을의 석탄 탄광은 마을 주민 전체의 공동 소유다. 그런데 촌 위원장과 탄광 사장이 결탁하여 자신들의 손아귀에 넣고 막대한 이익을 얻고 있다. 그는 사장을 찾아가서 항의했다가 도리어 삽으로 얻어맞는다. 중앙정부에 보내는 민원 서류를 우체국 직원에게 전달했지만 이 또한 중간에 빼돌려진다. 분노가 치민 다하이는 사냥총을 빌려 정의 실현에 나선다. 그러고는 '나쁜 사람'들을 하나하나 찾아다니며 처단하기 시작한다. 화룡점정으로 우두머리인 탄광 사장을 쏴 죽이기 위해 그의 차로 향한다. 이 영화의 모티브는 2001년 산시성의 후원하이라는 사람이 촌 위원회의 부패행위에 불만을 품고 민원을 제기했으나 결과가 없자 사냥총으로 14명을 연쇄 살해한 실제 사건이다.

두 번째 이야기의 주인공은 산얼이다. 산얼은 순박한 인상이지만 알고 보면 냉정한 총기 강도다. 오토바이를 타고 가다 마주친 3명의 청년을 총으로 살해하고 배달원 옷으로 위장해 은행에서 막 나온 부부를 살해한 후 돈 가방을 훔친다. 결국 경찰에게 잡혀 최후의 운명을 맞는다. 2012년 장수성, 후베이성 일대에서 11명을 권총 강도 및 살해한 저우커화가 충칭에서 사복경찰에게 적발되어 사살당한 실제 이야기가 모티브다.

세 번째 이야기의 주인공은 샤오위다. 여담이지만 이 배우는 지아장커 감독의 실제 부인이다. 극 중에서 그녀는 한 호텔 안마 가게에서 카운터 경리로 일한다. 하루는 안마 가게에 불량 손님이 찾아와 샤오위에게 안마를 직접 하라고 강권한다. 그녀가 나는 안마사가 아니라고 거절하자 돈이 부족해서 그러냐며 얼굴에 돈을 던진다. 분노한 그녀는 과도로 손님을 찌른다. 2009년 후베이성의 모 호텔에서 직원으로 일하던 덩위차오가 손님의 성추행과 성희롱을 못 견뎌 칼로 살해한 사건이 모티브다. 실제로 그녀를 자주 괴롭히던 3명의 손님은 공무원이었다. 재판에서 덩위차오는 정당방위를 인정받아 처벌을 면

했다.

　네 번째 이야기의 주인공은 샤오후이다. 그는 동관의 폭스콘 공장에서 일한다. 그는 같은 고향 출신이고 나이도 비슷한 술집 접대부 리엔롱을 만나고 있다. 샤오후이는 리엔롱에게 함께 동관을 떠나자고 한다. 그러나 리엔롱은 전 남편의 딸을 부양해야 하고 빨리 돈을 벌고 싶어 제안을 거절한다. 사랑이 실패하고 일하는 것도 매일 반복되는 공장의 일상에 지친 샤오후이는 극단적인 생각을 품는다. 2010년 1월부터 11월에 걸쳐 아이폰 조립업체인 폭스콘사의 기숙사에서 14명의 직원이 연쇄 투신자살한 사건이 모티브다.

　스토리 하나하나가 충격적이고 강렬하다. 피와 칼과 총이 등장한다. 그런데 과장이나 군더더기가 없다. 다하이는 살려 달라고 갈구하는 상대방에게 표정 변화 하나 없이 사냥총의 방아쇠를 당긴다. 산얼은 일체 주저함이 없이 2명을 한꺼번에 살해하고 돈 가방을 챙긴다. 샤오후이는 기숙사 방을 나와 새가 날 듯이 몸을 던진다. 나는 영화를 본 후 제목의 역설적 의미에 대해 생각했다. 감독은 '운명이 정해진 것'이라고 말하는 게 아니라 반대로 이 주인공들이 파국에 이르기 전에 자신의 운명을 바꿀 기회가 있었을 거라고 말한다. 이들을 파멸로 이끈 원인은 물질주의가 만연한 부조리한 사회, 탐욕적이고 이기적인 주변 인간들, 인간으로서 감내하기 어려운 공장의 작업 환경, 돈과 지식이 없는 여성들이 성매매로 빠지게 되는 사회 구조 등이었다. 이것은 현재의 중국 사회 그리고 한국 사회에도 유효한 것이 아닐까?

중국 영화 이야기 3: 리에르주오신(烈日灼心)

'리에르주오신'은 차오바오핑 각본, 감독의 2015년 작품이다. 상영금지 영화는 아니고 중국에서 상업 개봉되었다. 2015년 상하이 국제영화제에서 감독상과 남우주연상을 받았다.

푸젠성에서 일가족 5명 살인사건이 발생한다. 4인조 강도가 부잣집에 들어가 전 가족을 살해했다. 그런데 일당 중 젊은 신 씨가 범행 현장에서 젊은 여성을 보고 성폭행했다. 성폭행을 당한 여성은 충격을 받아 심장 발작으로 사망했다. 신 씨의 지문이 남게 되자 신분 노출을 두려워한 두목이 직접 나머지 가족을 모두 죽였다. 범행 후 집을 나온 강도들 간에 다툼이 발생했다. 돈만 훔치면 되지 사람들을 왜 죽였냐는 세 사람과 두목 사이에 몸싸움이 벌어졌다. 다툼 끝에 세 사람이 두목을 죽이고 시체는 저수지에 던진다.

세 사람은 범행 후 푸젠성 제2의 도시인 샤먼으로 도망친다. 이들은 일가족 살해 후에 한쪽 구석에서 울고 있던 아이를 죽이지 않고 데려와 키우고 있었다. 과거를 잊고 평범하게 살아 보려는 이들에게 어느 날 파란이 닥친다. 신 씨가 경찰 보조원으로 근무하는 파출소에 새로 경찰이 부임한다. 이 형사와 신 씨는 업무 파트너가 되었고, 범인 체포 과정에서 이 형사가 본인의 목숨을 걸고 신 씨를 구해주기도 한다. 하지만 시간이 지나면서 신 씨는 자신이 과거 사건의 범인인 것이 밝혀질 것이 두려워 택시 운전사로 일하는 양 씨에게 연락해 샤먼을 떠나자고 제안한다. 하지만 그들이 양육하는 여자아이가 심장병을 앓고 있었다. 1년 안에 수술을 해야 하고 수술 비용을 마련해야 한다. 시골로 도망가면 큰 병원도 없고 돈 모으기도 어렵다. 당장 샤먼을 떠날 수는 없었다.

이 형사는 미행 끝에 신 씨와 양 씨가 세 들어 사는 집을 찾아낸다. 그런데 이 집 주인은 변태 같은 인간이라 세입자들의 대화를 녹음하고 있었다. 녹음을 들은 이 형사는 이들의 과거 범죄 사실을 모두 알아차린다. 이들에게 서서히 법망이 조여온다. 이들이 잡혀가면 아이는 수술을 받을 수 있을까? 수술은 고사하고 이 아이는 누가 키우나?

영화는 도덕과 정의와 법의 경계가 어디인지를 묻고 있다. 이형사 여동생의 말에서 이를 엿볼 수 있다. '내가 볼 때 인간은 신성과 동물성을 다 가졌다. 상상할 수 없게 착할 수도, 상상할 수 없게 악할 수도 있다. 옳고 그른 것이 없다. 법은 아무리 착해도 상관하지 않지만, 악은 경계를 짓고 벌을 내린다'. 영화 내내 긴장을 놓을 수 없었다. 적과의 동거라는 설정도 긴장감을 고조시킨다. 관객들에게 과연 이 성실한 세 사람이 진범인가 하는 의문을 품게 만든다. 감독의 연출과 배우의 연기가 흠잡을 곳 없다. 중국 영화의 수작이다.

중국 영화이야기 4: 소년의 너(少年的你)

'소년의 너'는 정구오샹 감독의 2019년 작품이다. 쥬위에시란 작가의 소설 '소년의 너는 이렇게 아름답구나'가 원작이다. 한화 약 3천억 원의 박스오피스를 기록하였다. 중국의 영화 관람료 평균이 8천 원이니 약 3,800만 명이 관람한 셈이다. 홍콩 국제영화제에서 작품상, 감독상 등 여러 상을 받았다.

때는 2011년, 수능을 2개월 남기고 지방의 한 고등학교 3학년 학생 중 하나가 학교에서 투신자살한다. 다들 당황해 어쩔 줄 모를 때 같은 반 친구인 천니엔이 자기 옷을 벗어 시체를 덮는다. 이 착한 행동 하나로 웨이라이를 필두로 하는 학폭 가해자 일당으로부터 괴롭힘을 받는다. 왜냐하면 자살한 학생이 이 일당으로부터 지속적 학폭을 당해 왔고 일당 두목 웨이라이는 천니엔이 이 사실을 경찰에 신고할까 두려워했기 때문이다.

하루는 천니엔이 하교하는 길에 여러 명의 남자가 샤오베이를 폭행하고 있는 것을 보고 샤오를 도와준다. 천은 홀어머니와 둘이 살았는데 어머니가 사채를 빌려 썼다가 핍박을 당하고 있다. 어머니는 집에 거의 들어오지 않는다. 샤오는 천에게 자신이 보호자가 되어 주겠다고 제안한다. 천의 유일한 희망은 수능을 잘 봐서 베이징에 있는 좋은 대학에 가고 이 지긋지긋한 도시를 벗어 나는 것이다. 그런데 웨이 일당이 천을 계속 괴롭히자 경찰에 웨이 일당이 자살한 아이를 괴롭혀왔다고 신고해 버린다. 학교에서 정학 처분을 받은 웨이 일당은 원한을 품고 보복을 노린다. 샤오는 마치 보디가드처럼 매일 등하교 시 천을 보호한다. 하지만 웨이 일당이 천의 머리를 제멋대로 깎고 폭행하였다. 샤오는 당장 복수를 하겠다고 나섰지만 천이 말린다. 대망의 수능일을 며칠 앞두고 폭우가 쏟아지는 날에 공사장에서 무명의 여자 시체가 발견된다. 이 사체는 학폭 가해자 웨이였다. 천벌을 받은 것인가? 웬걸, 경찰의 조사를 받게 된 샤오는 자신이 웨이를 죽였다고 말한다. 한편 천은 수능을 무사히 치르고 고득점을 받았다. 웨이를 진짜로 살해한 사람은 누구일까? 천은 자신의 희망대로 명문 대학에 가고 좋은 직업을 얻게 되었을까? 천과 웨이의 사랑과 우정은 지속되었을까?

몇 년 전에 송혜교가 열연한 학교 폭력 주제의 드라마 '더 글로리'가 세계적으로 인기를 얻은 바 있다. 이 영화에서도 가해자의 부모가 돈 많은 사회 지도층이고 피해자가 사회적 약자다. 약자들이 힘을 합쳐 강한 악인에게 대항한다. 주인공 천은 바르고 정직하게 살려고 했다. 공부를 열심히 해서 성취를 이루고 자수성가하려고 노력한다. 부모도 없고 돈도 없고 학교도 안 다니는 샤오도 정의와 도덕이 있다. 이 영화에서 가장 감동적인 장면은 샤오가 웨이 일당에 의해 함부로 잘린 천의 머리카락을 깨끗이 밀어주고 자신도 머리를 미는 장면이었다. 천이 부끄러울까 자신도 같은 편이 된다. 이보다 더한 위로가 어디 있을까? 이 글을 읽는 독자들도 진한 감동을 직접 느껴보기 바란다.

중국 드라마 이야기: 쾅뱌오(狂飚)

2023년 1월에 중국 국영방송 CCTV와 중국 2대 OTT 중 하나인 아이치이에서 동시에 방영되어 선풍적인 인기를 끌었던 드라마 '쾅뱌오'를 소개한다. 제목은 우리말로 '광풍'이라는 뜻이다. 나쁜 세력을 태풍처럼 척결한다는 의미를 담고 있다. 한편으로 부와 권력을 좇는 불나비 같은 인간의 욕망을 표현하기도 한다.

모범적인 경찰 안신과 동네 시장의 생선 장수인 까오치챵이 두 주인공이다. 악의 대표 인물인 까오는 시장 상인에서 휴대폰 판매업을 거쳐 부동산 개발업으로 성공하면서 20여 년의 고생 끝에 암흑계의 거물이 된다. 2021년 중앙 정부는 '징하이시(극 중 가상의 도시)'에 특별수사팀을 보내 시 정부의 부패 관료들 그리고 정경유착한 기업가들을 모두 일망타진하려고 한다. 특별수사팀에 이 고장 출신이자 베테랑 수사관 안신이 합류한다.

까오는 부동산 재개발 사업 추진을 위해 어느 마을의 토지를 수용하려는데 마을 주민들의 반대가 심했다. 까오는 킬러를 시켜 마을 촌장을 교통사고로 위장하여 살해한다. 한편 여주인공 격인 까오의 아름다운 부인은 원래 조폭 두목과 결혼했고 막대한 자금을 가진 사채업자의 양딸이었다. 남편이 죽고 비즈니스 관계로 알게 된 까오의 구애 끝에 그와 결혼하게 된다. 골칫덩어리인 전 남편의 아들은 같이 키운다. 한편 징하이시 부시장은 부패 관료의 대명사다. 까오의 약점을 이용해 수시로 돈을 갈취하고 자기의 권한 내의 모든 이권에 개입해 왔다. 촌장 살해 사건의 청부인으로 지명 수배된 까오와 측근인 그의 동생은 외지로 도피 중이었다. 안신 형사는 천신만고 끝에 포위망을 좁혀 어느 식당에서 형제를 발견했다. 체포하려는 찰나 동생이 형을 피신시켰으나 동생은 경찰의 총에 맞아 죽는다. 하지만 까오와 부시장을 법정에 세우려는 경찰의 의지는 꺾이지 않는다.

개인적인 시청 소감으로 현대 중국에 절대 선인과 절대 악인은 없다는 생각이 든다. 한 사람 속에도 선과 악이 공존한다. 예를 들어 주인공 까오는 조폭 두목과 부동산 개발 업체 사장을 겸하고 있지만 아내가 데리고 들어온 전 남편 아들을 어떻게든 잘 교육해 보려고 애쓰는 아버지이기도 하다. 철거에 반대하는 마을 촌장은 순박한 사람인 것 같지만 보상비를 더 받아내려고 까오를 시 정부에 악의적으로 고발하고 자기 아들과 마을 불량배들을 동원해 협박까지 한다. 안신 형사의 동료 양지엔 형사는 검거 과정에서 안신을 보호하려고 여러 번 위험을 감수했지만 양지엔도 흑막이 있는 인물이었다.

이 드라마가 선풍적인 인기를 얻자 촬영지였던 광동성 장먼(江門)시도 몰려든 관광객으로 때아닌 관광 특수를 누렸다고 한다. 극 중에서 안신과 까오가 돼지족발 국수를 먹던 식당은 인산인해를 이루었다고 한다. 등장한 배우 중에 안신을 연기한 배우 장저는 원래 다수의 영화와 드라마에 출연한 유명한 배우였고 까오를 연기한 장송원은 그다지 알려지지 않은 배우였다. 촬영 당시 두 사람의 편당 출연료가 100배 정도 차이었다고 한다. 그런데 이 드라마의 성공으로 장송원도 남녀노소 다 아는 일류 배우의 위치에 올랐다. 중국은 역사적으로 지방분권과 토호의 발호가 많았다. 지금도 지방에서는 혈연, 지연, 학연 등으로 연결된 관료와 기업의 결탁이 만만치 않고 대항하기가 어려울 것이다. 이 드라마가 인기를 얻은 이유 중 하나는 중앙에서 온 유능한 수사팀과 지방의 경찰이 힘을 합쳐 지방의 부패 세력을 일망타진했다는 통쾌함을 선사하기 때문이다. 40부작이지만 한 번 보기 시작하면 멈출 수 없다.